पेंगुइन स्वदेश

डाक्टर देव

अमृता प्रीतम पंजाबी के सबसे लोकप्रिय लेखकों में से एक थी। अमृता प्रीतम का जन्म 1919 में गुजरांवाला पंजाब (भारत) में हुआ। उनका बचपन लाहौर में बीता और शिक्षा भी वहीं हुई। किशोरावस्था से उन्होंने लिखना शुरू किया। उन्होंने सौ से अधिक कविताओं की किताब लिखी, साथ ही फिक्शन, बायोग्राफी, आलेख और आटोबायोग्राफी लिखकर साहित्य में नया मुकाम हासिल किया। इनकी तमाम पुस्तकों का कई भारतीय भाषाओं सहित विदेशी भाषाओं में भी अनुवाद हुआ। अमृता प्रीतम पहली महिला लेखिका हैं, जिन्हें 1956 में साहित्य अकादमी पुरस्कार मिला। 1982 में उन्हें *काग़ज़ ते कैनवास* के लिए ज्ञानपीठ पुरस्कार मिला। 2004 में पद्मविभूषण भी प्रदान किया गया।

डाक्टर देव

अमृता प्रीतम

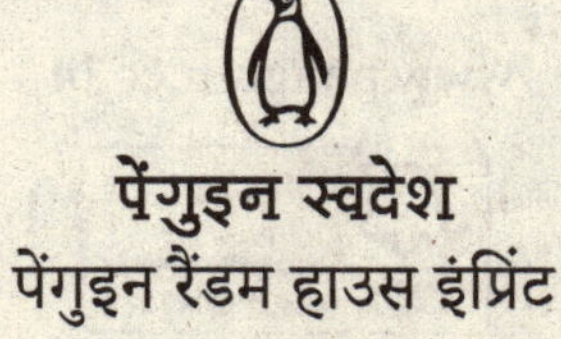

पेंगुइन स्वदेश
पेंगुइन रैंडम हाउस इंप्रिंट

पेंगुइन स्वदेश

यूएसए। कनाडा। यूके। आयरलैंड। ऑस्ट्रेलिया। सिंगापुर
न्यू ज़ीलैंड। भारत। दक्षिण अफ्रीका। चीन

पेंगुइन स्वदेश, पेंगुइन रैंडम हाउस ग्रुप ऑफ़ कंपनीज़ का हिस्सा है,
जिसका पता global.penguinrandomhouse.com पर मिलेगा

पेंगुइन रैंडम हाउस इंडिया प्रा. लि.,
चौथी मंज़िल, कैपिटल टावर-1, एम जी रोड,
गुरुग्राम 122 002, हरियाणा, भारत

पेंगुइन
रैंडम हाउस
इंडिया

प्रथम हिन्दी संस्करण हिन्द पॉकेट बुक्स द्वारा 1969 में प्रकाशित
प्रस्तुत हिंदी संस्करण पेंगुइन स्वदेश में पेंगुइन रैंडम हाउस द्वारा 2026 में प्रकाशित

10 9 8 7 6 5 4 3 2

ISBN 9789353495732

मुद्रकः रेप्रो इंडिया लिमिटेड

www.penguin.co.in

डाक्टर देव

ममता कल शाम से प्रसव-पीड़ा में ग्रस्त थी। आज प्रातः सूरज की प्रथम किरणों के साथ उसने एक कन्या को जन्म दिया। दाई ने कोमल बालिका को नहलाया और मुलायम कपड़े में लपेट लिया। जीवन में प्रथम बार शहद का आस्वादन करते-करते बालिका सो गई। दाई ने प्रसूता के पीड़ा से थके हुए शरीर में नवीन स्फूर्ति भरने के लिए उसकी बच्ची को उसके पास लिटा दिया।

"बीबी! ज़रा देखो तो, कितनी सुन्दर है, मानो रेशम का तार हो!" दाई ने ममता बीबी से उल्लासपूर्ण स्वर में कहा। लड़के का केवल लड़का होना ही काफी होता है, पर कन्या के जन्म में विशेषता प्रकट करने के लिए उसकी सुन्दरता का विशेषण उसके साथ लगाना आवश्यक हो जाता है दाई यह बात जानती थी।

ममता की दृष्टि लड़की पर पड़ी, और वहीं टिकी रही। फिर ममता ने धीरे से कहा, "कितना सुन्दर है!"

दाई ने यह सुनकर सोचा कि भोली मां शायद यह समझती है कि उसके घर पुत्र ने जन्म लिया है। पीड़ा से निढाल मां का जी रखने के लिए दाई ने भी धीमे स्वर में कह दिया, "बहुत सुन्दर बच्चा है।" 'बच्चा' कहकर सयानी दाई ने लड़के-लड़की के भेद को छुपा लिया। फिर उसने सोचा कि वह बच्चे को उठाकर अलग लिटा दे। झुककर वह लड़की को धीरे से उठाने लगी। तभी ममता ज़ोर से चीख उठी और अचेत हो गई।

जगदीश ममता के पति का नाम था। अभी तक दाई ने उसे भीतर नहीं आने दिया था; वैसे बालिका के जन्म का समाचार वह सुन चुका था। ममता की चीख ने सबको घबरा दिया। घबराए हुए जगदीश ने पत्नी का सिर अपनी गोद में ले लिया। अभी उसका विवाह हुए एक वर्ष भी पूरा नहीं हुआ था। दाई डरा रही थी कि यदि प्रसूति में ज़च्चा के दिल पर डर बैठ जाए तो वह बहुत बुरा होता है।

न जाने यह कमरा कैसा था। लाहौर के लारेंस बाग के पास उनकी यह कोठी भी तो नई ही थी। पहले इस घर में किसीके बालक उत्पन्न नहीं हुआ था। जगदीश को याद आया कि उसकी मां कहती रह गई थी, कि यह जगह न खरीदो, पीछे चौड़ी और आगे तंग—यह शेरमुंही जगह। पर रायसाहब, जगदीश के पिताजी, बड़े सियाने आदमी थे, उन्होंने व्यापार में आज तक कभी धोखा नहीं खाया था, ऐसे मौके की जगह और इतना वाजिबी दाम, पीछे की ओर बहुत चौड़ी और आगे ज़रा कम चौड़ी, बस इतनी छोटी-सी बात पर वह सौदा नहीं छोड़ सकते थे, उन्होंने खरीद ली।

जगदीश को भी अपनी मां का वह वहम कभी भी वहम से अधिक कुछ नहीं प्रतीत हुआ था, किन्तु आज उसके हृदय में अपने पिता के प्रति एक प्रकार का रोष उत्पन्न हो गया। उसकी मां शायद सच ही कहती थी। पर क्या इस शेरमुंही का पंजा सबसे पहले उसके हृदय पर पड़ना था? जगदीश घबरा गया। वह ममता के पीले म्लान मुख की ओर देखता रहा। कमज़ोरी के पसीने से ममता का मुंह-शरीर भीग गया था।

भागदौड़ के कारण सारी कोठी में एक खलबली-सी मच गई। डाक्टर ने ममता के ताकत का इन्जेक्शन लगाया। बालिका को उत्पन्न हुए कोई एक घण्टा हुआ था। डाक्टर ने बताया कि ममता को दुर्बलता के अतिरिक्त और कुछ न था।

ममता सचेत हुई। जगदीश ने उसे बहुत दुलराया, पर ममता के मुख पर से भय दूर होने में नहीं आता था। जगदीश पूछता रहा कि क्या हुआ था? क्या वह डर गई थी? क्यों डर गई थी? पर ममता ने कुछ उत्तर नहीं दिया।

कितनी ही देर बाद ममता ने कहा कि दाई उसके लड़के को उठाकर ले जाने लगी थी।

जगदीश हंसने लगा, डाक्टर भी हंसने लगा—"देखिए, यह है आपका लड़का।" डाक्टर ने नन्ही बालिका को ममता की चारपाई पर लिटा दिया।

जगदीश बड़ी देर तक आश्चर्य करता रहा। वह यह कभी भी नहीं सोच सकता था कि उसकी इतनी समझदार पत्नी पुत्र के स्थान पर कन्या का जन्म हो जाने को इतना महसूस करेगी। यद्यपि यह बात सन् 1926 की थी, उस समय की जबकि साधारण लड़कियां घरेलू जीवन के बाहर कम दिलचस्पी लेती थीं, पर ममता तो बड़ी ही चतुर, समझदार लड़की थी। बातचीत करते हुए जगदीश ने कई बार यह अनुभव किया था कि ममता जीवन के प्रत्येक पहलू पर बहस

कर सकती थी, प्रायः सभी विषयों की उसे पर्याप्त जानकारी थी; समाज और राजनीति के कितने ही प्रसंग उसके साधारण वार्तालाप का विषय होते थे। उसके पास कई परीक्षाओं की डिगरियां थीं। ऐसी सुन्दर और सुयोग्य स्त्री की तुलना में कई बार जगदीश ने अपने-आपमें हीनता का अनुभव किया था। जगदीश की बिरादरी में उस जैसी आब-ताब वाली और कोई स्त्री नहीं थी। जगदीश अपने मित्रों से अपनी पत्नी का परिचय बड़े गर्व के साथ कराता था। ममता की सुन्दरता, उसका सलीका, और इन सबसे बढ़कर उसकी बोलचाल जगदीश के क्लब में सदा एक प्रकार की ईर्ष्या जगा देती थी। जगदीश के मित्रों को ईर्ष्या होती थी जगदीश के सौभाग्य से, और उन मित्रों की पत्नियों को ईर्ष्या होती थी जगदीश की पत्नी से। किन्तु इस दूसरी ईर्ष्या के भाव ममता की मृदु-मधुर मुखाकृति के सामने आते ही दब जाते थे।

आज जगदीश आश्चर्यचकित था कि पुत्र उत्पन्न होने का विचार ममता के मन में किस प्रकार समाया हुआ था। डाक्टर ने जगदीश को बताया कि पुत्र-पुत्री के भेद का विचार केवल पुरातन विचारधारा के प्रभाव के कारण या पुत्री को घटिया और पुत्र को उत्तम संतान समझने के कारण ही उत्पन्न नहीं होता, वरन् कभी-कभी कोई स्त्री पुत्र अर्थात् पुरुष उत्पन्न करने में ही सन्तोष प्राप्त करती है। डाक्टर ने कहा कि जब ममता स्वस्थ हो जाएगी, वह स्वयं इस भेद को भूल जाएगी। अभी वह दुर्बल है, उसे यही बताना चाहिए कि यह लड़का है।

ममता नवजात बालिका को पल-भर के लिए भी अपनी आंखों से ओझल नहीं होने देती थी। दाई उसके सामने ही बच्चे को नहलाती, दूध देती, सुलाती और पुचकारती थी।

कितने ही दिन बीत गए। डाक्टर ने ममता को अब थोड़ा-बहुत चल-फिर लेने और बालिका को गाड़ी में सैर कराने ले जाने की आज्ञा दे दी थी।

एक दिन ममता अपनी लड़की को कोठी के बगीचे में हाथगाड़ी में सैर करा रही थी। जगदीश साथ-साथ चल रहा था। सांझ की ठंड धरती पर फैली हुई थी। रात की रानी की बेल में से मन्द सुगन्ध निकलने लगी थी। ममता की लाल चुनरी की पतली काली धारियां उसके मुख की सुन्दरता को और भी बढ़ा रही थीं। जगदीश का पूरा जीवन उसकी दृष्टि के सामने आ गया। उसके पास बहुत-सा धन था, ममता ऐसी पत्नी थी, सुन्दर पुत्री थी। उसके सरल, स्वच्छ मन को जीवन अत्यन्त सार्थक प्रतीत हुआ।

इतने में आया ने आकर ममता के हाथ से गाड़ी ले ली। लड़की के दूध का समय हो गया था। आया की पीठ मोड़ने की देर थी कि ममता का रंग उड़ गया। वह निढाल होकर बेंच पर बैठ गई। जगदीश उसे सहारा दिए रहा। ममता संज्ञाहीन-सी हो गई, "वह ले गई, वह ले गई, मेरे बच्चे को ले गई।"

डाक्टर ने जगदीश को समझाया हुआ था कि किसी प्रकार ममता के मन में बालक की मृत्यु का भय बैठ गया है, धीरे-धीरे ठीक हो जाएगा, इसलिए उस समय जगदीश घबराया नहीं। पर वैसे ही उसके मन में यह विचार आया कि आया को बदलकर देखूं, शायद किसी विशेष आकृति के मुख की ओर से ममता के दिल में डर बैठ गया हो।

नन्ही बालिका का नाम रखना था। अभी सब उसे 'बेबी' ही पुकारते थे। परन्तु जब नन्ही बालिका ममता के पास लेटी हुई थी, तब ममता उसे प्रायः 'रंजू' कहकर बुलाती थी। वैसे भी घरों में लड़कियों के नाम रखने का विशेष उत्साह नहीं होता और फिर जगदीश ममता की छोटी से छोटी इच्छा भी पूरा कर देता था, धीरे-धीरे बालिका का नाम 'रंजू' ही पड़ गया।

2

आया बदल दी गई। जगदीश ने पहली आया से बिलकुल भिन्न नाकनक्श वाली आया को चुना। परन्तु ममता की दशा में कोई विशेष परिवर्तन नहीं हुआ। हां, ज्यों-ज्यों नन्ही बालिका धीरे-धीरे बड़ी होने लगी त्यों-त्यों ममता के चित्त में घबराहट कम होती गई। पहले ममता अपनी लड़की के लिए बड़ी चिन्तित दीख पड़ा करती थी, पर अब बालिका पर उसका कोई विशेष स्नेह दिखाई न देता था, वरन् कभी-कभी तो बालिका के प्रति ममता की उदासीनता प्रत्यक्ष दीख पड़ती थी।

बहुत दिनों तक कोई विशेष उल्लेखनीय घटना नहीं हुई। सदा की भांति ममता का समय ऐसे बीतता रहा, मानो वह जीवन की दैनिक दिलचस्पियों से पूर्णतया अनभिज्ञ हो। उसका पति भी उसके इस स्वभाव से परिचित था। खटकने वाली कोई बात नहीं हुई।

एक दिन ममता अपने कमरे में बैठी हुई थी। शरद् ऋतु की हल्की-हल्की ठंड धरती पर उतरी हुई थी। नन्ही रंजू सो गई थी। जगदीश अपने एक मित्र के साथ सिनेमा देखने गया हुआ था। ममता कंबल का एक सिरा अपने पांवों पर

लपेट पलंग पर बैठी रही। संध्या गहरी हो गई थी। ममता ने कमरे की बिजली भी नहीं जलाई। बालिका रंजू का अधबुना स्वेटर परे मेज़ पर पड़ा हुआ था। ममता का जी नहीं किया कि चार सलाइयां भी डाल ले। पलंग की पट्टी के पास एक पुस्तक अधखुली पड़ी थी। शायद कुछ देर पहले ममता ने पढ़ने के लिए निकाली थी; फिर पढ़ने को जी नहीं किया, पुस्तक वैसे ही पड़ी रही। सामने शरद् का पीला, शीतल चन्द्रमा वृक्षों की टहनियों में से झांक रहा था, यद्यपि चन्द्रमा के मन्द प्रकाश के साथ कुछ ठंड भी कमरे में आ रही थी, पर ममता ने खिड़की बन्द नहीं की। वह बैठी रही, देर तक बैठी रही।

ममता सोचने लगी, शायद प्रत्येक जीवन एक बन्द कमरे की भांति होता है, जिसकी एक खिड़की प्रकृति के विकास की ओर खुली रहती है। प्रकृति के विकास में से कभी किसी चन्द्रमा का धुंधला प्रकाश तो कभी किसी अन्धकार की कालिमा, कभी आंखों को चौंधिया देने वाला आलोक तो कभी निबिड़तम अन्धकार, कभी उष्ण हवाएं तो कभी जल-सिंचित् बयार—कभी अच्छा तो कभी बुरा लगने वाला प्रत्येक दृश्य—इस जीवन-रूपी कमरे में आता रहता है। अन्तर केवल इतना है कि कमरे की खिड़की का खोलना और बन्द करना मनुष्य के अपने हाथ में है और जीवन की खिड़की के पट खोलना और बन्द करना मनुष्य के वश में नहीं है।

हल्की-हल्की ठंड कमरे में फैलती गई। चन्द्रमा भी खिड़की की दिश से ज़रा परे को हो गया था। ठंड के साथ-साथ कमरे में अंधेरा भी अधिक हो गया। अभी उजाला था, और अब नहीं है। छोटी-छोटी खिड़कियों में से भला कितनी देर तक उजाला आ सकता है। बाकी चारों ओर तो दीवारें ही दीवारें हैं।

ममता के मन में आया कि जब वह सोती थी तो उसके सोए हुए शरीर में से कुछ जाग उठता, शरीर पलंग पर ही पड़ा रहता; परन्तु जागने वाला 'कुछ' पलंग पर से उठ जाता और जीवन के दीवारों से घिरे हुए कमरे में जो छोटी-सी खिड़की थी, जिसमें से अकारण ही बाहर का प्रकाश भीतर आता, अकारण ही बाहर का अन्धकार भीतर आ डराता, उस सदा खुली रहने वाली खिड़की में से निकलकर प्रकृति की विशालता में खो जाता, घूमता-फिरता इधर-उधर भटकता, पवन के पख लगाकर कुछ खोजता—सोई हुई ममता का शरीर धक्-धक् करता रहता, पर वह जागने वाला 'कुछ' जीवन की उस सदा खुली रहनेवाली खिड़की का उचित अथवा अनुचित उपयोग करता।

फिर ममता के मन में आया कि जीवन के दीवारों से घिरे हुए कमरे में जो छोटी-सी खिड़की है वह बन्द हो जाए, रातों को आने वाले स्वप्न, जो कभी अत्यन्त मधुर तो कभी अत्यन्त कड़वे होते थे, दीखने बन्द हो जाएं, उसे कमरे के बाहर का कोई दृश्य दिखाई न दे, वह उस कमरे से हिलमिल जाए, उस कमरे की दीवारों में रच जाए, वह उस कमरे की वस्तुओं से बातें करे,वह भी कमरे की एक वस्तु बन जाए...

परन्तु जीवन की वह खिड़की जिसे बनाकर भगवान उसके पट लगाना भूल गया था और इसी कारण प्रत्येक व्यक्ति के दीवारों से घिरे हुए जीवन में वह छोटी-सी खिड़की सदा के लिए खुली रह गई थी, ममता के जीवन में किस प्रकार बन्द की जा सकती थी! मनुष्य की आज तक की कल्पना और सहृदयता का इतिहास अंकित करनेवाली लेखनी से जो स्वप्नपूरित भाषा प्रवाहित होती है उसका स्रष्टा भी वास्तव में वही खिड़की है, जिसमें से निकलकर मनुष्य की चेतनाएं और उसकी अस्पष्ट अभिलाषाएं प्रकृति की विशालता में स्वच्छन्द विचर सकती हैं।

ममता अकारण ही अपलक दृष्टि से खिड़की के बाहर देखती रही। कमरे के परदे लगे हुए दरवाज़े को किसीने खटखटाया ; जगदीश सिनेमा देखकर लौट आया था। कमरे की बत्ती जली, ममता चेतन हुई। जगदीश ने कहा कि जिस मित्र के साथ वह फिल्म देखने गया था, वह भी उसके साथ आया है और बाहर के कमरे में बैठा है। ममता उठी। उसने किसी नौकर को नहीं जगाया, स्वयं बिजली के स्टोव पर चाय का पानी रख दिया।

थोड़ी देर में बाहर के कमरे में मेज़ के इर्द-गिर्द बैठे प्यालों की खनखनाहट किए बिना तीनों चाय पीने लगे। जो मित्र आया था, वह कोई नया व्यक्ति नहीं था, जगदीश के क्लब का एक सदस्य था। इस घर में बहुत घुला-मिला भी नहीं तो ममता के लिए सर्वथा अपरिचित भी नहीं था।

"भाभी! आप हमारे साथ फिल्म देखने नहीं चलीं, चलतीं तो शायद पसन्द आ ही जाती, कोई इतनी बुरी भी न थी।" जगदीश के मित्र ने चाय पीते हुए कहा। ममता के मुख पर कुछ ऐसी मुस्कराहट आ गई कि जगदीश के मित्र के हृदय में अपनी कही बात के प्रति असंतोष-सा हो गया। ममता कभी-कभी क्लब जाया करती थी; वहां जगदीश के मित्र उसकी बोलचाल और चतुराई से बहुत प्रभावित हुए थे। इसीलिए जगदीश के मित्र ने अपनी बात ज़ोरदार बनाने के लिए

कहा, "नायिका का अभिनय सारे चित्र पर छाया हुआ था।"

"मुझे शेक्सपियर की वे पंक्तियां बहुत पसन्द हैं कि जीवन एक रंगमंच है और हम इसके अभिनेता हैं।" ममता ने चाय का घूंट भरते हुए कहा।

"उसका अभिनय जीवन के बहुत निकट था।" जगदीश के मित्र ने फिर कहा।

"फिल्मों में जब अभिनय को जीवन का रूप दिया ज़ाता है, तब चित्र बढ़िया हो जाते हैं, पर..." कहते-कहते ममता रुक गई।

"भाभी! आपकी फिलासफी तो शेक्सपियर की सी है, ठोस और सशक्त। आपसे बात करके मुझे बहुत कुछ प्राप्त हो जाता है। हां, आपने बात तो पूरी ही नहीं की..." जगदीश के मित्र ने कहा। जगदीश भी मुस्करा उठा, ममता भी मुस्करा उठी; किन्तु दोनों की मुस्कराहट में बड़ा अन्तर था।

"कुछ नहीं, मैं सोच रही थी कि जब वास्तव में जीवन को अभिनय का रूप दिया जाता है, तब तो वह जीवन उत्तम नहीं कहा जा सकता।" ममता हंसने लगी।

"भाभी! मैं पूरी तरह समझा नहीं। क्या आपका यह विचार है कि जीवन प्रायः कोरा अभिनय होता है? इतना मैं अवश्य मानता हूं कि हमारे दैनिक व्यवहार में बनावट का अंश बहुत होता है, परन्तु जब जीवन विशुद्ध रूप में जीवन बनकर हमारे समक्ष आता है, ऐसे अवसरों की भी कमी नहीं है।"

"हां, पुस्तकों में अवश्य विशुद्ध रूप में आता है।" ममता मुस्कराने लगी। ममता का यह सदा का स्वभाव था कि वह बहस के विवादास्पद भाग को मन्द-मन्द मुस्कराते हुए, चुने हुए शब्दों में कह दिया करती थी। विपरीत विचार ज़ोरदार होते हुए भी उसके गम्भीर शब्दों के सामने कमज़ोर प्रतीत होने लगता था।

"केवल पुस्तकों में ही, भाभी?"

जगदीश ने अभी तक इस वाद-विवाद में कोई भाग नहीं लिया था। वह आराम से चाय पी रहा था। उसका मित्र ही बोल रहा था।

"जिस प्रकार अपूर्ण अभिलाषाएं स्वप्न बनकर सम्मुख आती हैं, उसी प्रकार जीवन में प्रेम के निर्वाह में जो अपूर्णता अनुभव की जाती है, वही पुस्तकों में सफल प्रेमनिष्ठा के रूप में आती है।" कहते-कहते जो ममता का ध्यान सबके प्यालों की ओर गया तो उसने देखा कि उनमें से चाय पी जा चुकी है। उसने प्यालों में नई गरम चाय डाली। चाय की गरम भाप मेज़ पर उड़ने लगी।

"निश्छल प्रेमनिष्ठा और अटूट प्रेम जीवन का आदर्श है। पुस्तकों और चित्रों में सदा आदर्श प्रस्तुत किया जाता है, जिससे जीवन का वह स्वप्न सदा सामने बना रहे।" जगदीश ने कहा।

"विश्वशांति भी तो संसार का आदर्श है, किन्तु इतने भयानक युद्ध का भय शायद पहले कभी न रहा होगा।" ममता ने कहा। दोनों सुनने वालों में से कोई भी न बोला।

"मुझे डर है कि प्रेमनिष्ठा और प्रीति किसी दिन केवल पुस्तकों में आने वाली एक कहानी बनकर ही न रह जाएं।" ममता ने कहा। जगदीश और उसके मित्र को अपना क्लब याद आ गया—किस प्रकार क्लब के सदस्य लड़कियों की बातें करते थे, सामने बैठे हुए मित्रों की पत्नियों पर आक्षेप करने से भी नहीं झिझकते थे। एक-दूसरे से हलके मज़ाक करते थे। बहुत धनी-वर्ग में सभ्यता की आड़ में सब कुछ जायज़ होता है। समाज के कठोर नियम तो केवल मध्य-वर्ग का ही शोषण करते हैं।

किसीने भी वाद-विवाद को लम्बा करने की चेष्टा न की। तीनों चाय पीते रहे। काफी देर हो गई थी। जगदीश के मित्र ने जाने की आज्ञा मांगी, अपनी सभ्यता के अनुरूप उसने ममता का 'अच्छी चाय' के लिए धन्यवाद किया और फिर चला गया।

3

जाड़ों की दोपहर थी। सूरज की हल्की किरनें खिड़की में से होकर कमरे में बिछे लाल कालीन पर पड़ रही थीं। खिड़की के पास ही ममता सफेद साड़ी पहने सफेद दीवार के सहारे निश्चल खड़ी थी। खिड़की के नीचे महकती हुई फुलवारी थी, किन्तु ममता उधर नहीं देख रही थी। खिड़की के पास दीवार पर दान्ते और बीत्रीस के प्रथम मिलन का चित्र था, जो जगदीश ने नया खरीदा था, पर ममता उसे भी नहीं देख रही थी। शरद्-ऋतु के निस्तेज सूरज का पीला प्रकाश अवश्य फैला हुआ था, पर इसके अतिरिक्त आकाश पर और कुछ भी नहीं था। चांद-तारोंभरी रात का तो प्रश्न ही क्या, सामने विभिन्न आकार बनाने वाले बादल भी नहीं थे, जिन्हें देखकर मन में अनेक कहानियां बनने और मिटने लगती हैं। किन्तु ममता शून्य में एकटक ताकती ही रही।

जगदीश जब कमरे में आया, उसे ममता सफेद दीवार का ही एक अंग

प्रतीत हुई—चुप, निश्चल, एक प्रस्तर-प्रतिमा-सी।

"ममता!" जगदीश ने पुकारा।

ममता खिड़की के पास से आकर जगदीश के पास बैठ गई। न जाने ममता ने सामने आकाश के शून्य में से अपने नेत्रों में क्या भर लिया था कि जगदीश को उसकी आंखों में एक विचित्रता का अनुभव हुआ। उसने सीधे यही प्रश्न किया :

"ममता! यह तुम्हारी आंखों में क्या है?"

"आज ही देखा है आपने या कभी पहले भी?"

"कभी-कभी पहले भी..."

"आपको कैसा लगता है, अच्छा या बुरा?"

"डरावना।"

"अच्छा तो इससे डर लगता है आपको? लगना ही चाहिए।" ममता हंस पड़ी।

"पर यह क्या है?"

"परछाईं।"

"किसकी?"

"जीवन की।"

"ममता! न मैं पहेली बुझवाता हूं, न बूझना चाहता हूं। मुझ जैसे सीधे आदमी से सीधी तरह बातें ही किया करो।"

"पर भाग्य की रेखाएं तो सदा सीधी नहीं होतीं।" ममता के मुख पर लापरवाही झलक रही थी।

"मैं इन हाथों से पूछता हूं कि मेरे भाग्य की रेखाएं सीधी खिंची हैं या नहीं?" जगदीश ने ममता के हाथ अपने हाथ में ले लिए।

"बिलकुल गलत बात, यह बिचारे भाग्य बनाने योग्य कहां!" ममता ने अपने हाथ छुड़ा लिए, "मेरा विचार है कि जैसे एक कीड़ा पांवों में स्याही लगाकर उसे छोड़ दो तो वह अनजाने ही टेढ़ा-मेढ़ा चलता हुआ कीड़े-मकोड़े बना देता है, उसी प्रकार विधाता का हाथ मनुष्य के भाग्य की रेखाएं बना देता है।"

"यह तो कुछ बात न हुई।"

"मैं कब कहती हूं कि यह कोई बात है।"

"तुम, जितना जी चाहे उलझन बनती जाओ, ममता! मैं सुलझा लूंगा।"

"जैसे ईश्वर रखे वैसे रहना चाहिए, व्यर्थ में विधि के विधान में हस्तक्षेप नहीं करना चाहिए।"

"ममता, तुम यह बात कह रही हो कि जैसे ईश्वर रखे वैसे रहना चाहिए? कभी तुम स्वयं कहती हो कि मनुष्य अपने कर्मों द्वारा ऐसी ज्वाला उत्पन्न करे कि जो समाज के गलत मूल्यों को भस्म कर डाले। कभी तुम विधाता की, संसार की, सभ्यता की, कानून की अत्यन्त कटु शब्दों में भर्त्सना करती हो। अब कहती हो कि जैसे ईश्वर रखे वैसे ही रहना चाहिए। इन बातों के कहने का तुम्हारा ढंग रोचक अवश्य है, परन्तु एक बात दूसरी के सर्वथा विपरीत भी है।"

"मैं स्वयं भी तो जैसी एक दिन होती हूं, अगले दिन वैसी नहीं होती।" कहकर ममता हंसने लगी।

"कभी वह समय था कि तुम रंजू के लिए हर समय चिन्तित रहती थीं, अब उसके प्रति तुम्हारी उदासीनता का कोई अन्त नहीं है। रंजू तो सदा ही रंजू है।"

"रंजू सदा रंजू नहीं है। कभी वह मेरा अपना रंजू है, कभी वह केवल आपकी रंजू!" ममता के मुख पर मानो किसीने लाल रंग पोत दिया हो। लाल पत्थर के बुत की भांति वह सीधी तनी हुई बैठी रही।

"तुम्हारी रंज़ू मेरी रंजू है, मेरी रंजू तुम्हारी रंजू।" जगदीश ने ममता से प्रेमपूर्ण स्वर में कहा।

"मेरा रंजू......" ममता कांपने लगी। "मेरा रंजू न जाने कहां है!" ममता थरथर कांप रही थी। जगदीश को लगा कि अभी डाक्टर को बुलाना पड़ेगा, शायद ममता को फिट पड़ रहा है। किन्तु उसे अधिक समय तक इस सम्बन्ध में विचार करना न पड़ा। ममता का कम्पन बन्द हो गया। स्वस्थ, नीरोग—एक बहादुर सैनिक की भांति—ममता तनकर बैठ गई।

"आप समझते होंगे कि मैं शायद पागल हो गई हूं मुझे हिस्टीरिया है, मुझे प्रसूति का कोई रोग है। मुझे कुछ भी नहीं है। मैं किसी रंजू की भाग्यहीन मां हूं।"

"ममता, तुम्हारा दिमाग खराब हो गया है।"

"आप बैठिए; मुझे कुछ नहीं हुआ है। मेरा दिमाग खराब नहीं, मेरा भाग्य अवश्य खराब है। आप रोज़ परेशान होते हैं, मुझे अपनी अपेक्षा आपपर अधिक तरस आता है।"

"ममता!"

"आपके साथ विवाह होने से पहले मैं कुमारी नहीं थी।"

जगदीश एक दीर्घ श्वास खींचकर रह गया।

"मैं केवल पत्नी ही नहीं, एक बच्चे की मां भी बन चुकी थी।" भय आज

ममता से कोसों दूर था।

जैसे भावी से टक्कर होते देख मनुष्य कई बार अपने-आपको लौहवत् दृढ़ बना लेता है वैसे ही जगदीश ने अपने-आपको संभाला।

"तो क्या वह पति अब जीवित नहीं?" जगदीश ने पूछा।

"जीवित है। उसका नाम देवराज है। उन दिनों वह डाक्टरी पढ़ रहा था।" ममता ने कहा।

जगदीश आगे कुछ न बोल सका, मानो सागर लहरों से पूर्ण हो गया हो, लहरों के अतिरिक्त आर-पार कुछ भी दृष्टिगोचर न होता हो!

"आप शायद जानना चाहेंगे कि वह कहां है। पर मैं स्वयं भी नहीं जानती। मेरा वह विवाह मेरे माता-पिता ने नहीं किया था।" ममता हंसने लगी, "वह विवाह मैंने स्वयं किया था। वह गलती थी, पाप था, जो कुछ भी था, वह मैंने स्वयं किया। उसके भले-बुरे के लिए मैं उत्तरदायी हूं। मेरे बच्चा होने को था। मेरे माता-पिता ने हमारी प्रार्थनाओं को ठुकरा दिया, हमारे जीवन नष्ट कर दिए, मेरी आंखों पर दीवारों की पट्टी बांध दी गई, फिर मैं उसे न देख सकी। मेरा बच्चा पैदा होते ही मुझसे छीन लिया गया..." ममता के हृदय में हिंसा और अहिंसा दोनों ही भावनाएं जाग्रत हो रही थीं।

जगदीश को ऐसा लगा, मानो गरम-गरम लावा उसके शरीर पर बह रहा हो। उसकी गर्मी को अनुभव करता हुआ जगदीश बैठा रहा। फिर लावा ठण्डा होता गया, पत्थर बनता गया। जगदीश जमे हुए सिक्के की भांति मूर्तिवत् वहां बैठा रहा।

ममता ने अपनी बांहें जगदीश के गले में डाल दीं। फिर कहने लगी, "हम दोनों एकसमान दया के पात्र हैं। किसीने मेरे जीवन को नष्ट किया, मैंने तुम्हारे जीवन को नष्ट कर दिया। वास्तव में क्या मैं, क्या आप, क्या कोई और, सब साधनमात्र हैं। हम कर्म करते अवश्य हैं, पर कर्ता नहीं हैं। तोड़ने-फोड़ने के लिए साधन उत्तरदायी नहीं, वरन् साधनों का प्रयोग करने वाले हाथ—हमारे भाग्य—उत्तरदायी हैं।"

ममता की ये बातें तपी हुई लोहे की सलाखों की भांति जगदीश के शरीर में चुभ रही थीं। वह घबराकर बोला :

"ममता! ये बातें तुमने मुझे पहले क्यों नहीं बताईं?"

"कभी आवश्यकता ही नहीं समझी।"

"क्या सच्चाई को सच्चाई की आवश्यकता नहीं थी? मैं सच्चे हृदय से तुम्हें

अपनी पत्नी समझता रहा हूं, पर तुमने मुझे कभी भी सच्चे हृदय से अपना पति नहीं माना।"

"मेरा हृदय भग्न हुए बहुत लम्बा समय बीत चुका है, मेरे लिए अब झूठ और सच बराबर हैं।"

"फिर आज क्यों बता रही हो यह सब?"

"क्योंकि झूठ और सच बराबर हैं। यदि झूठ बोला था, तो क्या? और जो सच बोल रही हूं, तो क्या? पर आप भूल कर रहे हैं, मैंने कभी झूठ नहीं बोला, मैंने आपसे यह भी नहीं कहा कि मुझे आपसे प्रेम है।"

"पर तुम मुझसे प्रेम करती हो। मैं कैसे भूल सकता हूं, तुम मेरे साथ हंसती-खेलती..."

"हां, प्रेम करती रही हूं। यदि हंसना-खेलना ही प्रेम होता है..."

"तुम नहीं जानतीं, ममता, तुम इस बने-बनाए घर का किस प्रकार नाश कर रही हो।"

"विनाश के शिकार से आप यह प्रश्न कर रहे हैं?"

"यह रंजू भी तुमसे बिछुड़ सकती है,"—जगदीश को रंजू के जन्म का समय स्मरण हो आया। शायद ममता के हृदय पर वही पहला डर बैठा हुआ था कि बच्चा पैदा होते ही उससे छीन लिया जाएगा, तभी वह डरती थी, अचेत हो-हो जाती थी, कांप उठती थी।

"वह रंजू चला गया, यह रंजू भी चली जाए!" ममता ने कुछ ऐसे कहा मानो सहज स्वभाव ही कह दिया हो।

"तुम्हें इस रंजू से प्रेम नहीं?"

"मेरा जी कहता है, मैं कह दूं—बिलकुल नहीं। वह रंजू मेरे प्रेम की सजीव मूर्ति था, यह रंजू ज़बरदस्ती का पत्थर है, जिसे मैंने नौ महीने पेट में ढोया है।" ममता के मुख पर फिर वही लाली, फिर वही हिंसा की भावना झलक आई।

"मैंने तुम्हारे साथ कभी ज़बरदस्ती नहीं की।"

"आप तो एक हथियारमात्र हैं कर्म हैं, कर्ता नहीं। कर्ता है वह समाज जिसने मेरे प्रेम को अपने पांवों-तले कुचल दिया।"

"तो तुमने समाज से बदला लिया है?"

"बिलकुल नहीं। मेरी यह इच्छा कभी नहीं थी कि मैं और पति चुनूं, मैं और बच्चों को जन्म दूं। समाज ने स्वयं मेरा हाथ पकड़कर मुझे इस पथ पर डाला।"

"किन्तु तुम समाज से अपना हाथ छुड़ा सकती थीं!"

"काश, आप जानते कि समाज के हाथ कैसे लोहे के पंजे होते हैं!"

"परन्तु लोहे के पंजे से भी बलवान हाथ इस संसार में ही होते हैं!"

"मैं मानती हूं, भंवरों में फंस जाना मानवीय दुर्बलता है। मुझसे वह भूल हुई। परन्तु भंवर का अनुमान किनारे पर बैठकर न लगाइए, जल में डुबकी लगाकर देखिए।"

"तो क्या ममता, तुम्हारे पथ पर मुझे ही आना था?" जगदीश को स्वयं अपने भाग्य पर दया आ गई।

"जब आंधियां आती हैं तब किसे पता होता है कि कौन-सी मिट्टी उड़कर किस पथ पर जा पड़ेगी?" ममता ने कहा।

"तुम जानती हो, तुम्हारा वह पति कहां है?"

"नहीं। मुझे बताया गया था कि अब वह मुझसे विवाह नहीं करना चाहता। मैं फिर उससे कभी नहीं मिली।"

"क्या तुम्हें अब उससे प्रेम नहीं?"

"प्रेम उसीसे किया है, उसके सिवा और किसीसे नहीं। पर अब मैं उससे मिलना नहीं चाहती।"

"शायद अब तक उसका विवाह हो चुका हो।"

"शायद!"

"और तुम्हारी आराध्य मूर्ति टूट चुकी हो।"

"मुझे टूटी हुई या सम्पूर्ण कोई भी मूर्ति नहीं चाहिए। वह कल्पना का अत्यन्त सुन्दर चित्र बनकर मेरे सामने आया था, मेरे रोम-रोम में समा गया था। वह सिहरन मेरे शरीर में अब तक है। वही मेरी स्मृति है—वही मेरा जीवन है।"

"इसका यह मतलब है कि तुम्हारा प्रेम अभी तक जीवित है?"

"प्रेम शायद मरना नहीं जानता।"

"ममता, तुम उसकी खोज कर सकती हो, मैं रुकावट नहीं बनूंगा।"

"मैं उसे प्राप्त करना नहीं चाहती। मुझे बताया गया था कि उसे अब मेरी कोई आवश्यकता नहीं। मैं कंधों पर ढोया जाने वाला बोझा नहीं हूं। जीवन के पथ पर सहचरी थी, फिर साथ टूट गया, एक-दूसरे की आवश्यकता न रही। उसका पथ और है, मेरा पथ और।"

"ममता! क्या तुम इन शब्दों का अर्थ पूरी तरह समझती हो?"

"हां, इसका अर्थ यह है कि यदि आप मुझे बोझा समझते हों तो मैं कभी भी आपके कंधों का बोझा बनने को तैयार नहीं।"

"तुम्हारा वह बच्चा कैसा है?"

"मैं क्या जानूं? उसे मेरे माता-पिता ने किसी हस्पताल की दया का पात्र बना दिया। हस्पताल की लेडी डाक्टर ने मुझसे दस दिन तक बच्चे को दूध पिलाने के लिए कहा था, ताकि वह बच सके। दस दिन तक मैं उसे अपनी छाती से लगाए रही। फिर क्या हुआ, मैं कुछ नहीं जानती। जीवन की आंधी उसे किस ओर ले गई, मुझे पता नहीं।" ममता सब कुछ हारे हुए जुआरी की भांति बैठी रही।

"यह रंजू अभी बच्ची है, परन्तु इस रंजू से भी तुम्हें अलग होना पड़ेगा। मैं नहीं चाहता कि तुम्हारा प्रभाव..." जगदीश घबरा गया। फिर बोला, "अपने विचार से तुम चाहे अपने-आपको ठीक समझो, बिलकुल ठीक, परन्तु मैं रंजू को और ही ढंग से पालना चाहता हूं।"

'आप जो कहेंगे, मैं करने को तैयार हूं।"

"जितना रुपया कहो, मैं तुम्हें दे सकता हूं। हर महीने भेज सकता हूं। परन्तु रंजू को यह कभी पता न चले कि तुम उसकी मां हो।"

"इसका मतलब यह है कि आप अपना रास्ता मुझसे अलग करना चाहते हैं? मैंने अभी आपसे कहा था कि मैं कंधों पर ढोया जाने वाला बोझ नहीं हूं। अच्छा मैं चली जाऊंगी।" ममता शांति की मूर्ति-सी प्रतीत होती थी। जगदीश ने उसे उससे अधिक सुन्दर कभी नहीं देखा था। न जाने उसके मन में क्या विचार आया।

"मुझे तुमसे सहानुभूति है, ममता!" जगदीश उसके मुख की ओर देखता रहा।

"जल की तेज़ धारा में बहे जाते दो डूबने वाले व्यक्तियों को एक-दूसरे से सहानुभूति होती ही है।" ममता का मुख प्रज्वलित दीपशिखा की भांति देदीप्यमान था।

"मेरा विचार है, तुम्हें मेरी नैनीताल वाली कोठी अवश्य पसंद आ जाएगी।" जगदीश ने ममता का भविष्य बनाने की चेष्टा की। इतने दिनों से ममता उसकी पत्नी थी, उसकी प्रेयसी थी।

जगदीश की इच्छा हुई कि वह लाहौर छोड़कर चला जाए, माता-पिता को छोड़कर चला जाए, रंजू को छोड़कर चला जाए, उनका भविष्य उनके हवाले करके वह ममता को लेकर चला जाए। किसी ऐसी जगह जहां उसकी सभ्यता उसे उलाहना न दे सके, जहां लोग उनपर उंगलियां न उठा सकें, जहां ममता का

पहला प्यार फिर न उभर सके न उसके अपने संस्कार ही पुनः जाग्रत् हो सकें—बस, वह हो और ममता हो, ममता केवल उसकी हो, और किसीकी न हो, याद की भी न बन सके।

"मुझे कुछ नहीं चाहिए। मैंने पत्नी के रूप में आपको कुछ दिया ही नहीं। यदि दिया होता तो अपने पत्नीत्व को इस प्रकार न बेचती। बीते हुए पत्नीत्व के नाम पर मासिक खर्च के लिए आपसे भीख न मांगती। हमारा साथ छूट गया, एक-दूसरे के प्रति चाह समाप्त हो गई है। मेरा मार्ग और है, आपका और...। मैं इसमें भी प्रसन्न हूं। उस रंजू का मुझे कोई पता नहीं, परन्तु इस रंजू की ओर से मुझे सन्तोष है। इसके सिर पर आपका हाथ है। और फिर मेरी अपेक्षा यह आपकी अधिक है।" ममता और दिनों की अपेक्षा बहुत शान्त और सुन्दर दीख रही थी। वह जगदीश के पास से उठी, चारों ओर एक बार दृष्टि घुमाकर देखा और धीरे से कमरे से बाहर चली गई।

जगदीश का मन किया कि वह ममता को पकड़कर ले आए, उसे अपनी भुजाओं में कस ले और चिल्ला उठे—'मुझे तुम्हारी आवश्यकता है, तुम्हारा और मेरा पथ एक ही है।'

परन्तु जगदीश पत्थर के बुत की तरह बैठा रहा। उसकी जीभ पत्थर का टुकड़ा बनकर रह गई। पत्थर को तोड़कर देखिए, कभी-कभी उसमें से कोई जीता-जागता कीड़ा निकल आता है। यदि उस समय कोई जगदीश को झकझोरता तो उसे पता चलता कि उस पत्थर बने हुए शरीर में भी जीते-जागते जन्तु की भांति एक दिल ज़ोर-ज़ोर से धक-धक कर रहा था।

शायद अब तक ममता कोठी का फाटक भी पार कर चुकी थी।

4

ममता चली गई। दिन बीतते गए। एक दिन जगदीश ने खिड़की से देखा, नन्ही रंजू बाहर बगीचे में खेल रही थी, आया उसके पास थी। रंजू अब छः-सात कदम चल लेती थी। उसकी आया थोड़ी-बहुत पंजाबी बोलने लगी थी। रंजू बैठी होती, तो आया कहती, "आपे, आपे।" रंजू हंसती, टांगों पर, पैरों पर पूरा भार डालती, बिना सहारे भार को बराबर करने के लिए हाथों को तोलती, फिर अपने-आप खड़ी हो जाती। और फिर इस विजय पर और हंसती हुई आया को चकित कर देती कि वह अपने-आप खड़ी हो सकती है, फिर दायां पैर उठाती नन्ही रंजू का

छोटा-सा शरीर ज़रा डोल जाता, वह गिरने लगती, परन्तु उसे अपने-आपको थोड़ा संभालना आ गया था। वह पग बढ़ाती, पहला...दूसरा...तीसरा...चौथा... पांचवां...और फिर हंसते-हंसते छठे-सातवें पग पर आया की गोद में जा गिरती। कभी-कभी आया के पास पहुंचने से पहले ही गिर पड़ती, कभी आगे, कभी पीछे।

जगदीश खिड़की से देखता रहा। आया ने एक छोटा-सा फूल तोड़कर रंजू के बालों में अटका दिया। नन्ही बालिका फूल की सुन्दरता तथा अपने बालों को देख तो नहीं सकती थी, किन्तु आया के हर्ष में, आया की हंसी में उस सुन्दरता का अनुभव वह कर सकती थी; वह भी हंसती रही। आया ने दौड़कर घड़ी में समय देखा। रंजू के दूध का समय हो गया था। आया उसे भीतर ले जाना चाहती थी, परन्तु रंजू जाती ही न थी। आया बार-बार दूध का नाम, बोतल का नाम लेती थी, परन्तु इस समय शायद रंजू को दूध की अपेक्षा खेल में अधिक स्वाद आ रहा था, वह भीतर जाती ही न थी। सयानो आया बच्ची के दूध का समय कैसे बिगाड़ सकती थी! उसने रंजू को ज़बरदस्ती उठा लिया। रंजू मचल गई और रोने लगी। आया हाथों में से निकल-निकल जाती उस बच्ची को संभालकर भीतर ले गई।

जगदीश खाली बगीचे की ओर ताकता रहा। अनजाने ही उसके मुंह से एक आह निकल गई। जगदीश सोचने लगा, आया एक मशीन होती है, घड़ी की टिक-टिक को देखकर वह हंसती है, घड़ी की टिक-टिक को देखकर वह सोती, जागती, खेलती और खाती है। बारह बजे से लेकर दो बजे तक वह बच्चे को सुलाएगी, दो से चार तक उसे खिलाएगी, चार बजे वह दूध पिलाएगी। उसे क्या यदि बच्चा और सोना चाहता है, उसे क्या यदि बच्चा और खेलना चाहता है या निश्चित माला से एक आउन्स दूध अधिक पीना चाहता है। मशीन की हत्थी, मशीन की सुई, उसके खिलाने में मशीनी पट्टा, उसके हंसाने में मशीनी पड़ा। ठंडी, निर्जीव, पत्थर जैसी सख्त, लोहे की मशीन, जिसमें मांस की सजीवता, रक्त की उष्णता, नाड़ियों का जाल कुछ भी नहीं। मशीन चल रही है, उसके अंगों में कर्तव्य का तेल है; वह बिगड़ती नहीं, वह रुकती नहीं, मशीन चल रही है।

जगदीश सोचता रहा, रंजू से उसकी मां छिन गई, मां की गोद, मां का आंचल, मां का वात्सल्य, मां का प्यार...। जगदीश ने खाली बगीचे की ओर से मुंह फेरा और कमरे में देखा।

ममता के चित्न अभी तक कमरे में लगे हुए थे। वह साहस नहीं कर सका था कि नौकरों से उन्हें उतार देने के लिए कह दे। नौकर उन चित्नों को प्रतिदिन झाड़-पोंछ

देते थे। वह वैसे ही साफ-सुथरे और चमकते हुए ज़गदीश के कमरे में लगे हुए थे।

कभी-कभी जब जगदीश कमरे में आता, कमरे का परदा हटाता, एक पग भीतर धरता, सामने लगे हुए, ममता के बड़े चित्र से उसे यह भ्रम होता कि ममता कमरे में खड़ी है। जगदीश घबरा जाता, झुंझला उठता कुछ अपने-आपसे, कुछ उस चित्र से। किन्तु आज भी वह चित्र कमरे में ही था। जगदीश को साहस न होता था कि वह ममता की बांह पकड़कर उसे कमरे से बाहर निकाल दे। अपने मन में वह चाहता था कि किसी दिन अपने-आप ही यह चित्र यहां से उतर जाए। उसी प्रकार जैसे ममता अपने-आप चली गई। यह चित्र यहां से उतर जाए, उसे कहना न पड़े, उसे उतारना न पड़े।

जगदीश सोचता, ममता समझदार थी, जाने के लिए उससे कहना न पड़ा। किन्तु चित्र अनजान है, ज़िद्दी है, उसके कमरे में अड़कर बैठा हुआ है, ज़िद करके बैठा हुआ है। जगदीश को इस ज़िद्दी चित्र पर क्रोध आ गया। ममता के बड़े चित्र के दायें-बायें ममता के छोटे चित्र भी थे। जगदीश को ऐसा लगा, मानो बड़ा चित्र छोटे चित्रों को अपनी कुचेष्टा में अपने साथ मिला रहा हो, कोई भी चित्र दीवार पर से अपना अधिकार नहीं छोड़ता, मानो ये दीवारें उन्हींकी सम्पत्ति हों।

आज जगदीश ने आगे बढ़कर बड़े चित्र को उतार लिया, फिर उसके पास वाले चित्र को उतारा, फिर उसके पास वाले को। सब चित्र उतर गए। दीवार पर अब उनकी कोई छाप नहीं रह गई थी। वे उतर चुके थे। उनकी जगह दीवार वैसी की वैसी साफ-सुथरी निकल आई। खाली कमरा भी पहले की अपेक्षा अधिक खुला-खुला प्रतीत होने लगा। केवल कुछ छोटी-बड़ी कीलें दीवारों में अड़ी रह गई थीं।

जगदीश ने सोचा, वह चौखटें खोल डाले, चित्र निकाल ले और फाड़ डाले। उसने एक चित्र उठाया, उसे सीधा करके देखा, फिर झटपट उलटा कर दिया। पीछे की ओर का कागज़ फाड़ा, चौखट में लगी हुई छोटी-छोटी कीलों को उखाड़ने की चेष्टा की। शायद जगदीश की उंगली में कील की टोपी चुभ गई; या कीलें बहुत पक्की लगी हुई थीं, या फिर जगदीश ने पूरा ज़ोर नहीं लगाया था, एक कील भी न उखड़ी। जगदीश ने सब चित्रों को उलटा करके बड़ी अलमारी के सबसे नीचे के खाने में रख दिया।

फिर जगदीश को ध्यान आया, रंजू अब बोलना सीख रही है। उसने पहला शब्द 'मां...मां' सीखा है। अभी तो वह तोते की भांति बोल रही है, परन्तु जब ज़रा बड़ी होकर मुझसे इस शब्द का अर्थ पूछेगी, तो मैं क्या उत्तर दूंगा?

5

ममता ने एक गवर्नमेण्ट स्कूल में नौकरी कर ली थी। स्कूल के स्टाफ-क्वार्टरों में उसने एक कमरा ले लिया था। स्कूल के क्वार्टरों में वह रहती, स्कूल के होटल में वह खाना खाती, स्कूल के क्लासरूम में वह बच्चों को पढ़ाती, और स्कूल की ही लाइब्रेरी में वह स्वयं पढ़ लिया करती थी। ढाई अक्षरों के 'स्कूल' शब्द ने उसे पूर्णतया अपना बना लिया था।

अपने कमरे में चारपाई पर सिरहाने की ओर दीवार पर सहारा लगाए वह आधी बैठी आधी लेटी हुई-सी पड़ी थी। कमरे की खुली हुई खिड़की में से चन्द्रमा की चांदनी कमरे के आधे फर्श तक फैली हुई थी। ममता ने बिजली बुझा रखी थी।

हलके नील से पुती हुई कमरे की दीवारें बड़ी भली लग रही थीं। ममता उन दीवारों की ओर एकटक देखती रही, देखती ही रही। वे दीवारें और भली प्रतीत होने लगीं, इतनी भली मानो आंखों को स्पष्ट दिखाई देता हो कि चारों ओर निर्मल, शान्त, नीला जल बह रहा है—शान्त नद, शान्त समुद्र। ममता की खाट एक नाव की भांति जलप्रवाह में धीरे-धीरे बह रही है और उसमें ममता, अकेली, अपार जलराशि दायें-बायें, आगे-पीछे, जलराशि के वक्ष पर, शान्त, निश्चल बैठी हुई है, छोटी-छोटी लहरों में नितान्त निश्चल...

जिस प्रकार अंधेरे में आंखें अंधकार की अभ्यस्त हो जाती हैं और घोर अंधकार में भी धीरे-धीरे कुछ वस्तुएं परिचित-सी जान पड़ती हैं, ममता को लगा, मानो अपार जलराशि के परे, दूसरे छोर पर, कुछ मानव आकृति की मूर्तियां-सी हिल रही हैं जिनके मुख स्पष्टतया दिखाई नहीं देते, परन्तु उनकी ऊंचाई और गठन तथा हाव-भाव से वह जानी-पहचानी प्रतीत होती हैं। अंधकार कम होता गया, धुंधली आकृतियां पहचान में आने लगीं। ममता ने देखा, वह मुख देव का है।

देव का मुख सदा की भांति निर्मल दीख पड़ रहा था। लम्बे शरीर पर उसी प्रकार का मुख दीप्तिमान था। शरीर से आज भी उसी प्रकार शान्ति और स्थिरता का आभास हो रहा था। अन्तर केवल इतना था कि विरह-यातना से पिघलकर उसके चेहरे की रेखाएं और भी कोमल बन गई थीं। इसी कारण देव पहले की अपेक्षा कुछ दुबला प्रतीत होता था। ममता की जमी हुई दृष्टि उसके मुख पर टिकी रही। प्रेम की स्निग्धता उस समय भी देव के मुख पर ठीक उसी भांति प्रकट

हो रही थी। वह स्निग्धता ममता की आंखों में उतरती गई, उसकी स्थिर आंखें हिल उठीं, जमे हुए स्रोत पिघल गए, देव के चरणों की ओर झुके रहे, गरम अश्रु आंखों से ढुलक चले। ममता ने कहा, "विदा, मेरे देव, विदा! जी चाहता है कि यह नाव ठहर जाए और मैं किनारे लग जाऊं, तुम्हारे पास आ जाऊं, परन्तु साहस नहीं होता। यह जलधार मुझे किनारे से ले आई है, लिए जा रही है। अब मेरी नाव में और किनारे में बड़ा अंतर पड़ चुका है। विदा! देवजी, विदा।"

देव की मूर्ति पीछे रह गई, ममता की नाव उसी जलधार के साथ बहती चली गई, किनारे शून्य में विलीन हो गए।

फिर एक मूर्ति दिखाई दी। ममता देखती रही। मूर्ति हिली, एक जीता-जागता मनुष्य बन गई। ममता ने पहचाना, वह जगदीश था। ममता ने एक दीर्घ निश्वास छोड़ा। जगदीश के चौड़े माथे पर पीड़ा की पतली-सी रेखाएं उभर आई थीं, होंठ पहले की अपेक्षा कुछ सफेद पड़ गए थे। जगदीश ने आंखें फैलाकर ममता की ओर देखा, उसकी आंखों से प्रेम प्रकट होता था और उलाहना, और सहानुभूति, और इन सबसे अधिक उसकी आंखों से प्रकट होती थी अन्तर्वेदना की कसक। और इस कसक के ऊपर एक और छाया-सी थी, और वह छाया थी 'एक मांग' की। ममता से देखा न गया। उसने आंखें झुका लीं। ममता के हृदय से निकला, 'मुझे माफ कर दो! मुझे क्षमा कर दो! मैं आपको क्या दे सकती हूं। देख लीजिए, मेरा आंचल खाली है, मेरे हाथ खाली हैं। मैं सब पूंजी लुटा चुकी हूं। आप मोतियों के व्यापारी थे, परन्तु मैं कंगाल होकर आपके पास आई। टूटे-फूटे मनके, सस्ती सीपियां, छोटी-छोटी कौड़ियां मैं आपके चरणों में अर्पण करते समय लजा गई, मेरी निर्धनता लजा गई, मैंने आपको बता दिया कि मेरे पास कुछ नहीं है, मैं खाली हूं...... मुझे क्षमा कर दो...... मुझे क्षमा कर दो!' ममता ने मुख नीचा कर लिया, उसे लगा वह जगदीश के सामने लज्जा-नत नेत्रों को नहीं उठा सकेगी। वह मुख नीचा किए रही।

नाव बहती गई, किनारे के वृक्ष-पौधे, किनारे के फूल-पत्ते, किनारे के कंकड़-मिट्टी, सब कुछ पीछे छूटते गए। जगदीश की मूर्ति भी अब पीछे रह गई थी। ममता ने सिर उठाया।

किनारे की भीगी हुई रेत पर एक बालक खड़ा हुआ था, अंजली-भर लहू और मुट्ठी-भर मिट्टी की बनी हुई वह एक लड़के की मूर्ति थी। वह ममता की ओर देख रहा था, मानो एक नन्हा बालक किसी अपरिचित मुख को पहचानने की

चेष्टा कर रहा हो। ममता कांप उठी, उसने सिर झुका लिया। नाव जल के प्रवाह में बहती गई। हलके हिलोरों से ममता को कुछ ऊंघ-सी आ गई। पवन जल से टकरा रही थी, जल में से झरझर ध्वनि उठ रही थी, मानो कोई सोया हुआ करुण राग लहरों में से जाग रहा हो। ममता ऊंघते-ऊंघते चौंक पड़ी। किनारे से एक बच्चे के रोने की आवाज़ आ रही थी।

ममता ने देखा, एक छोटी-सी बालिका किनारे पर घुटनों के बल चल रही थी। न जाने उसे मिट्टी गीली लग रही थी या उसके शरीर में कुछ चुभ गया था, वह रोती हुई घुटनों के बल चलने की चेष्टा कर रही थी। ममता डर गई, बालिका लुढ़कते-लुढ़कते कहीं जल में न गिर जाए। ममता ने घबराकर दोनों बांहें आगे की ओर फैला दी, ताकि उस बालिका को थाम ले, उसे उठा ले, उसे चुप करा दे, झाड़-पोंछकर गोद में ले ले। ममता की बांहें बाहर को फैली की फैली रह गईं। किनारा बहुत दूर था, बालिका बहुत दूर थी, जल का वक्ष विशाल था, नाव आगे को बही जा रही थी, बालिका प्रतिपल पीछे छूटती जा रही थी।

आंखें देखती रहीं, पीछे मुड़-मुड़कर ताकती रहीं। धुंधला आकार भी मिट रहा था। आंखें विवश होकर रह गईं। जल की धारा उसी प्रकार प्रवाहित थी। नाव की गति में कोई अन्तर नहीं आया था। ममता को विवश होकर सामने की ओर ही देखना पड़ा। वह देखती रही। दूर किनारे पर कुछ परछाइयां-सी दृष्टिगोचर हुईं।

ममता की माता, ममता के पिता, ममता का बड़ा भाई, ममता की बड़ी बहिन—घुटनों के बल झुके हुए थे! उनके सिर के ऊपर कुछ परछाइयां-सी लटकती हुई दिखाई दे रही थीं। चेष्टा करने पर भी वे परछाइयां पहचान में न आती थीं। ममता ने बड़े ध्यान से देखा और अनुमान लगाया, शायद यह उसकी माता की माता थीं, यह उसके पिता के पिता थे, और अन्य परछाइयां शायद उनके भी पूर्वजों की थीं। वर्षों के, शताब्दियों के संस्कारों के कारण उनके मुख पर खरोंचें पड़ी हुई थीं। उन सबके मुख रुआंसे हो रहे थे, रो रहे थे, झुके हुए थे, लज्जा-नत थे। ममता ने एक बार उन सबको देखा, फिर मुख फेर लिया।

किनारे की ओर से गले में रुकी हुई और अश्रुओं से भीगी हुई-सी कुछ आवाज़ें आईं, "हमें क्षमा कर दे बेटी! हमें क्षमा कर दे, बहन! हम दोषी हैं, हम घातक हैं।"

आवाज़ें उनके गले में रुक गईं; उनके आंसुओं में अटक गईं। ममता सिर से पैर तक निढाल हो गई। दायें हाथ से उसने अपने माथे को थाम लिया। एक

दीर्घ निःश्वास स्वतः ममता के मुंह से निकल गया। फिर उसने धीरे से किन्तु स्पष्ट आवाज़ में कहा, "भगवान आपको क्षमा करें।"

नाव उसी प्रकार चलती रही। कितना ही समय बीत गया। ममता ने सिर उठाकर किनारे की ओर नहीं देखा। न जाने किनारे पर नये बौर से लदे हुए वृक्ष थे, अथवा सूखे झाड़-झंखाड़। निस्तब्धता अत्यन्त भयानक थी, मानो सुनसान घाटी में शून्यता के अतिरिक्त और कुछ न हो। मीलों तक फैली हुई शून्यता, सब कुछ जमा हुआ, सब कुछ बर्फ, जिसमें कोई जीव-जन्तु न हो, कोई पशु-पक्षी न हो, पक्षी भी मानो बर्फ में जम गए हों, बर्फ के बने हुए खिलौनों की भांति शायद कहीं पड़े हुए हों। परन्तु कोई आवाज़ नहीं, जीवन का कोई चिह्न नहीं।

फिर किनारे से एक जनरव-सा उठता हुआ प्रतीत हुआ। लगता था, मानो कोई शहर अथवा गुंजान घाटी नाव के रास्ते में आ गई है। बालकों का रुदन और हास्य, युवकों का संलाप, बूढ़ों के तर्क, स्त्रियां, पुरुष, आहे, नारे—सब प्रकार की आवाज़ों का एक समूह जिससे ममता के कान फटे जा रहे थे। ममता ने सिर उठाकर इधर-उधर नहीं देखा, वरन् अपने कानों में उंगलियां डाल लीं। कोलाहल बहुत दूर जान पड़ने लगा। ममता ने थककर अपना सिर अपने घुटनों पर रख लिया। नाव जल की धारा के साथ बहती रही। घुटी हुई, सिकुड़ी हुई एक गठड़ी-सी बनी हुई ममता नाव में बैठी रही। नींद ने आकर समस्त चेतनाओं को समेट लिया।

तरल जल सख्त होना आरम्भ हो गया, जमते-जमते मिट्टी बन गया, ईंटें बन गया; दीवारें बन गया; लकड़ी की नाव, लकड़ी की खाट बन गई। स्कूल के स्टाफ क्वार्टरों में, अपने कमरे में ममता सो गई थी।

6

कहते हैं कृष्णलाल के सम्पन्न घराने में बारह बरस के बाद पुत्र का जन्म हुआ। उसके झूले में मां ने चांदी की डोर लगवाई। आज जब शाम को कृष्णलाल घर आया तो सरला बच्चे को चांदी की बनी हुई दूध की बोतल में दूध पिला रही थी। देखते ही कृष्णलाल हंस पड़ा।

"सरला! तुमने बोतल तो चांदी की बनवा ली, किन्तु यह नहीं सोचा कि दूध का अन्दाज़ किस तरह लगेगा। शीशे की बोतल में तो दिखाई देता रहता है कि कितना दूध पी लिया गया और कितना बाकी है।"

"नहीं जी, शीशे की बोतल में दूर से ही सफेद-सफेद दूध दिखाई देता है,

और फिर यह आए-गए का घर हुआ, दूध को नज़र लग जाती है।"

"शीशे की बोतल में तो झट पता चल जाता है कि बोतल पूरी तरह साफ हुई है या नहीं, किन्तु यदि यह चांदी की बोतल भीतर से चिकनी रह जाए तो ठीक तरह से पता नहीं चल सकेगा। जानती हो, डाक्टर कहता है कि बोतल के निपल का विशेष ध्यान रखना चाहिए, ऐसा न हो, कहीं दूध लगा रह जाए।"

"मैं इतनी अनजान नहीं हूं। नौकर पर भी विश्वास नहीं करती, अपने सामने आया से बोतल साफ करवाती हूं। दूध देने के बाद हर बार बोतल गरम पानी में उबाली जाती है।"

"ऐं! इतना दूध छोड़ दिया, बहुत थोड़ा दूध पीता है।" कृष्णलाल ने बच्चे को उठा लिया। सरला ने बोतल में बचे दूध को गिलास में डालकर देखा, बच्चे ने आधी बोतल से अधिक दूध नहीं पिया था। सरला के मुख पर चिन्ता छा गई।

"बोतल में नौ औंस दुध पाता है, कम से कम एक बोतल तो पीनी ही चाहिए।"पास खड़े कृष्णलाल ने कहा। सरला की चिता और भी बढ़ गई।

"इतना बड़ा होने को आया, इसके साथ के बालक तो एक सांस में पी जाते हैं।"

इतने में ही उनका डाक्टर आ गया। वास्तव में उन्होंने बच्चे को पहले महीने से ही अपने फैमिली डाक्टर की देख-रेख में रखा था। बच्चा बीमार हो चाहे न हो, डाक्टर स्वयं ही तीसरे-चौथे दिन आकर देख जाता था। चालीस रुपये मासिक डाक्टर का बंधा हुआ था। डाक्टर आते ही हंसकर बोला, "हैलो, छोटे बाबू!" और उसने बच्चे को अपनी गोद में ले लिया।

"डाक्टर साहब! यह देखिए अपने छोटे बाबू की करतूत। मुश्किल से आधी बोतल दूध पिया है।" सरला ने उलाहना डाक्टर पर धरना चाहा।

"क्या बात है दोस्त!" डाक्टर ने हंसकर बच्चे से कहा।

"नै नै!" बच्चा दूध की बोतल की ओर देखकर बड़े चाव से बोला।

"यह देखिए! यह दूध मांग रहा है, और आप हैं कि देती ही नहीं।" डाक्टर हंसने लगा।

"झूठमूठ दगा करता है, पीता तो है ही नहीं।" सरला भी हंस दी।

"परसों से यह 'नै नै' कहने लगा है। सरला, तुमने यह रिकार्डबुक में लिखा या नहीं?" कृष्णलाल ने कहा, और फिर बच्चे को अपनी गोद में लेकर कहने लगा, "क्या नै नै?" कृष्णलाल का जी चाहता था कि बच्चा अपने मुंह से कुछ

मांगे तो वह उसकी मांग पर बहुत कुछ न्योछावर कर दे।

"जानते हो, कल शाम जब मैं इसे सैर कराने ले गई तो यह लाल रंग के गुब्बारों को देखता रहा। गाड़ी में से गरदन मोड़-मोड़कर उन्हें देखता जाता था। सड़क की लाल बत्ती की ओर बार-बार झांक-झांककर कहता था, 'नैनै...नैने।' मैं कितनी ही देर गाड़ी रोककर इसे बत्ती दिखाती रही, वह भला कैसे इसके हाथ लगती! यह कब कहेगा, मैं गाड़ी लूंगा..." सरला कल्पना में डूब गई और उसे ध्यान न रहा कि डाक्टर पास ही खड़ा है।

"फिर आप ही कहा करेंगी कि अभी कल ही तो नया खिलौना लाकर दिया था, आज तोड़ भी डाला।" डाक्टर ने हंसकर कहा।

"मैंने कहा, सच, इसकी रिकार्ड-बुक में लिख देना कि इसकी पहली पसन्द का रंग 'लाल' है।" पास से कृष्णलाल बोला।

"मैंने मनौती मनाई है..." सरला अपने ध्यान में मग्न कहती रही।

"बहुत-सी माताएं तो मनौती भी मनाती हैं कि जब उनका बच्चा पहली बार किसीसे लड़-झगड़कर उलाहना लेकर घर आएगा तो वे पांच रुपये का प्रसाद चढ़ाएंगी।" डाक्टर ने हंसकर कहा। कृष्णलाल भी हंस पड़ा, सरला भी हंस पड़ी।

"डाक्टर साहब! आप मां के हृदय को नहीं समझ सकते। वह सोचती है, शुक्र है आज बच्चा हुआ तो किसीने उलाहना भी दिया।" सरला ने सरलतापूर्वक कहा और बच्चे को इस प्रकार देखा, मानो बच्चे के बिना वह कुछ भी न हो।

"अब यहीं देख लीजिए। सरला की साड़ी पर कभी इतना-सा धब्बा भी नहीं लगने पाता था और अब..." कृष्णलाल हंसने लगा।

"सवेरे आपकी पतलून पर भी तो मिट्टी का धब्बा लगा दिया था।"

"बड़ा बन्दर हो गया है।" कृष्णलाल ने बच्चे के गाल पर धीरे से चुटकी भर ली।

"बंद...बंद," बच्चा कृष्णलाल की ओर देखकर कहने की चेष्टा करने लगा।

"लीजिए, वह आपको भी बन्दर बना रहा है।" डाक्टर हंस पड़ा।

"बन्दर का पिता और क्या हो सकता है!" सरला खिल-खिलाकर हंस पड़ी। कृष्णलाल भी हंस दिया। वह मन ही मन बहुत प्रसन्न था। क्या हुआ जो उसे बन्दर कहलवाना पड़ा, बच्चे का पिता तो वह बन ही गया है।

"अच्छा, डाक्टर साहब, ज़रा इसका पेट देखिए, कुछ सख्त मालूम होता

है।" सरला ने तनिक विलम्ब के बाद कहा।

डाक्टर ने बच्चे के पेट पर उंगलियां मारकर देखा, पपोटों को हटाकर आंखों की रंगत देखी, उंगलियों के छोटे-छोटे नाखूनों पर दृष्टि डाली, बच्चे को सीधा, करवट से और उलटा लिटाकर भली भांति देखा।

"कुछ नहीं, दांत निकाल रहा है।" डाक्टर ने कहा और उंगली से बच्चे के ऊपर के होंठ को हटाकर फूले हुए मसूड़े को देखने लगा।

"चने चबाएगा न, दांतों की जल्दी पड़ गई है।" सरला हंस दी।

"यह देखिए, दाढ़ भी निकाल रहा है, सफेद नोक-सी दिखाई दे रही है।" डाक्टर ने कहा।

"यह ऊपर वाली चौथी दाढ़ है न?" सरला ने डाक्टर से पूछा।

"सरला, यह भी रिकार्ड-बुक में नोट कर लेना।" कृष्णलाल ने पास से कहा।

"इतना बड़ा हो गया है, किन्तु अभी ठीक से चलता ही नहीं?" सरला ने डाक्टर से प्रश्न किया।

"कोई बात नहीं, कई बच्चे ज़रा देर से चलना सीखते हैं। आप चिन्तित रहा करती थीं कि घुंटनों के बल कब चलेगा, तो देखिए घुटनों के बल भी चलने लगा। फिर आप चिन्तित रहा करती थीं कि यह थोड़ा-थोड़ा कब चलने लगेगा, तो अब यह थोड़ा-थोड़ा चल भी लेता है।" डाक्टर ने कहा।

"कल मैंने इसे बाहर की ड्योढ़ी के पास से पकड़ा। ज्यों-ज्यों मैं इसे पकड़ने की चेष्टा करती थी, यह और तेज़ चलने की कोशिश करता था, मानो मैं इसे पकड़ नहीं सकती, शैतान कहीं का..." सरला ने बच्चे की पीठ पर धीरे से थपकी दी। बच्चे को शायद अपने बारे में कही गई बात बुरी लगी, वह रोने लगा।

"हाय, हाय, मैंने मारा थोड़े ही है। प्याल किया था। गुच्छे हो गया, ऐं?" सरला बच्चे को प्यार करने लगी।

"इसकी टांगों पर रोज़ मालिश करनी चाहिए।" डाक्टर ने कहा।

"मैं तो रोज़ मालिश करके आधे घण्टे धूप में छोड़ देती हूं, तब जाकर नहलाती हूं।" सरला ने बताया।

"बस ठीक है। कैलशियम बराबर दे रही हैं न?"

"रोज़ देती हूं कैलशियम भी और वह बूंदों वाली दवाई भी।"

"हां, वह विटामिन 'बी' है। दांतों के लिए बहुत अच्छी है। कभी बच्चा कम दूध पिए तो चिन्ता न किया कीजिए। ऐसी दशा में मेदा प्रायः कमज़ोर हो जाता

है। पूरी भूख नहीं लगती। यदि बच्चा पेटभर खा-पी ले तो और तरह से कष्ट उठाता है। थोड़े दिन की बात और है; जहां ज़रा और अच्छी तरह चलने लगा कि बाकी दांत आसानी से निकाल लेगा।" डाक्टर ने कहा, और चलने की आज्ञा मांगी। सरला चाय आदि के लिए कहती रही, पर डाक्टर चला गया। आया आई और बच्चे को खिलाने के लिए ले गई।

"देव को आए दो-तीन दिन हो गए हैं। भगवान करे वह सकुशल हो।" डाक्टर के जाने के पश्चात् कृष्णलाल ने चिन्तापूर्ण स्वर में कहा। देवराज आयु में कृष्णलाल से काफी छोटा था, किन्तु कृष्णलाल का अत्यन्त प्रिय मित्र था। कभी-कभी सरला हंसकर कहा करती थी कि कितना अच्छा होता यदि दोनों मित्रों में से एक लड़की होता और दूसरा लड़का, दोनों हर समय साथ रह सकते।

"कहीं बैठा कविता कर रहा होगा।" सरला ने कहा।

"या किसी रोगी की चीरफाड़।" कृष्णलाल ने कहा।

"बहुत ही बढ़िया आदमी है।" सरला ने सहज स्वभाव से कहा।

"तो क्या मुझसे भी बढ़िया आदमी है?" कृष्णलाल ने पूछा।

"हम मनुष्य हैं, वह देवता है।" सरला ने बड़ी चतुरता से 'हम' शब्द कहकर अपने-आपको कृष्णलाल के साथ मिला दिया।

"तब तो मुझे उससे ईर्ष्या होनी चाहिए। मेरी पत्नी को वह मुझसे भी अच्छा लगता है।" कृष्णलाल ने हंसते हुए कहा।

"क्यों? क्या आपको मुझपर विश्वास नहीं या उसपर विश्वास नहीं?" इस बार सरला तनिक क्रोधपूर्वक बोली।

"विश्वास है, बाबा, दोनों पर विश्वास है, तुमपर उससे अधिक, उसपर तुमसे अधिक।" कृष्णलाल ने उंगली से सरला के गाल को छुआ।

"भाभी! भाभी!" बाहर से देव की आवाज़ सुन पड़ी।

"आप आ गए, देवजी! हम लोग आप ही की प्रतीक्षा कर रहे थे।" स्नेहपूर्वक सरला ने प्रसन्नता दर्शाते हुए कहा।

"सदा भाभी को ही पुकारते आते हो, कभी भाई को भी याद कर लिया करो।" कृष्णलाल हंसने लगा।

"भाई, घर में भाभी का राज है। तुम्हारे दफ्तर में तुम्हारा राज है। वहां जाऊं तो मजाल नहीं जो कभी भाभी को आवाज़ दूं।" देव दोनों के बीच में आकर खड़ा हो गया।

"किन्तु आज भैया को यह लघुता का अनुभव क्यों हो रहा है? मेरे लिए तो भाई और भाभी दोनों एक ही वस्तु के नाम हैं।" देव ने तनिक ठहरकर कहा।

"जानते हो, आज हमारी बहस हो गई।" सरला ने कृष्णलाल को छेड़ते हुए कहा।

"लो भई, तुम्हारी भाभी कहती हैं कि आपसे देव अच्छा है, तो अब मुझे लघुता का आभास न हो तो क्या हो!" कृष्णलाल ने हंसकर कहा।

"मैंने यह तो नहीं कहा कि आपसे अच्छे हैं, मैंने तो यह कहा था कि मैं-आप मनुष्य हैं, देव देवता हैं।" सरला ने सफाई देते हुए कहा।

"काश, भाभी मैं देवता न होता, आप लोगों की तरह हंस सकता, रो सकता!...." देव सामने दीवार पर लगे हुए कृष्णलाल के लड़के के चित्र को देखने लगा।

"देव भाई! यह भी तो देवता की कृपा है, नहीं तो हम बिचारे हैं कौन!" सरला भी अपने पुत्र के चित्र की ओर देखती रही।

"नहीं, नहीं, भाभी! ऐसा न कहिए। कुछ और बात कहिए।" देव ने कहा।

"हां, सच, और बात...सरला कह रही थी कि देव आकाश से किसी कविता को उतार रहा होगा, इसीलिए नहीं आ सका..." कृष्णलाल आगे कुछ और भी कहने वाला था कि देव बोल उठा, "मैं तो धरती पर से भी किसीको अपने पास नहीं ला सकता, आकाश से मैं किसे ले आऊंगा?"

"और मैं कह रहा था कि देव किसी रोगी की चीरफाड़ में लगा हुआ होगा।" कृष्णलाल ने अपनी अधूरी बात को पूरा किया।

"अपने दिल की अवश्य चीरफाड़ करते रहते हैं।" सरला ने देव से ठठोली की।

"कितना अन्तर है एक डाक्टर में और कवि में! एक कल्पना की सुन्दर मूर्ति का पुजारी और दूसरा संसार की कुरूपता का दर्शक। संसार की समस्त रोग-व्याधियां डाक्टर के सम्मुख आती हैं। सच बताना, देव! इतने घाव धो-धोकर और रोग देखकर कल्पना की मूर्ति टूट नहीं जाती क्या?" कृष्ण ने देव को बांह पकड़कर उसे अपने पास सोफे पर बिठा लिया। सरला निकट ही कुर्सी पर बैठी हुई थी।

"नहीं, मित्र! एक ही मनुष्य में एक ही समय पर बहुत कुछ जीवित रहता है। क्या तुम्हारा विचार है कि जब डाक्टर रोगी के रोने-चिल्लाने पर भी उस समय अपने सख्त हाथों से घाव को धोए जाता है, साफ करता है, तो उस समय उसके हृदय में दया की भावना नहीं होती?" देव हंसा, फिर कहने लगा, "और कविता

केवल सुन्दर कल्पना से ही उत्पन्न नहीं होती। हृदय की अतृप्त अभिलाषाएं जो कि घावों की भांति ही भयानक होती हैं, समाज के बनाए हुए दैनिक व्यवहार के नियम जो कि क्षय रोग के कीटाणुओं की भांति मनुष्य के रक्त में सुरसुराते हैं, कविता इनसे भी उत्पन्न होती है।"

"मनू को बुलाऊं?" सरला ने पूछा। मनू उनके पुत्र का नाम था।

"हां, हां। ज़रा देव भी समाज के क्षय रोग से निकलकर हंसती हुई दुनिया में आ सकें।" कृष्णलाल ने सरला को उत्तर दिया।

सरला ने आवाज़ दी। आया बच्चे को ले आई। बच्चे ने इस प्रतिदिन के अतिथि को एक पल में ही पहचान लिया, बांहें फैलाकर देव के पास चला गया। देव उसकी उंगलियों, उसके तलवों और उसके पांवों से खेलता रहा। बच्चा देव के कोट की बाहर की जेब में लगे पेन की ओर बार-बार झुका, उसे पकड़कर निकालने की बहुत चेष्टा की किंतु पेन के क्लिप को बाहर खींच लेने में वह असमर्थ रहा। फिर देव की ठोड़ी पकड़कर बड़े प्यार से बोला 'नै...नै' और फिर पेन की ओर देखने लगा।

"अच्छा, पेन लेगा? लिखेगा? मेरी तरह कविता लिखेगा?" देव ने कोट में से पेन निकालकर उसे दे दिया। बच्चा उससे खेलता रहा।

"बच्चे जीवन से केवल खेलते ही हैं, उसकी कविता नहीं करते।" कृष्णलाल ने हंसकर कहा।

"बच्चे केवल खेलते ही हैं, जवानी इनके खेल को कविता बना देती है।" देव बच्चे और पेन की ओर देखता रहा।

"तुमने तो कविता में बातें करना आरम्भ कर दिया। ये बातें नहीं, अब तो कोई कविता सुना दो।" कृष्णलाल ने कहा। सरला को भी देव की कविताएं बहुत अच्छी लगती थीं। बच्चा देव की टांगों पर बैठा खेलता रहा। देव कविता सुनाने लगा जिसका भाव कुछ इस प्रकार था—'भोर से सांझ और सांझ से भोर हो जाती है, मुझे ऐसा लगता है मानो हर समय दो आंखें मेरी ओर देख रही हैं। जिस पथ पर मेरे पांव जाते हैं, मुझे लगता है कोई दो आंखें मेरा पीछा कर रही हैं। मैं जब किसी फूल के मुख को देखता हूं, दो आंखें उस फूल के मुख पर बैठ जाती हैं। फूल दिखाई नहीं देता, कांटा दिखाई नहीं देता, दिखाई देती हैं केवल दो आंखें। रात का अन्धकार मुझे इन आंखों से नहीं छुड़ा सकता, दिन का प्रकाश मुझे इनसे अलग नहीं कर सकता। दो आंखें मेरे जीवन के आगे पृथ्वी बनकर बिछ जाती हैं, आकाश बनकर छा जाती हैं, पवन बनकर रोम-रोम में बस जाती हैं।

सरला और कृष्णलाल बड़ी देर तक देव की कविता में खोए रहे। देव कविता से भी आगे–न जाने कहां खोया रहा।

7

"मैंने कहा, आ गए क्या?" एक दिन कमरे में बैठे हुए सरला ने बाहर से किसीके आने की आहट सुनकर कहा।

"हां भाभी, आ तो गया हूं। परन्तु देव हूं, कृष्ण नहीं।" देव कमरे में आ गया। सरला हंस दी।

"उपासक की दृष्टि का ही अन्तर होता है। उपासना तो वही एक वस्तु है, किसी देवता की न सही, कृष्ण की सही।" देव ने कहा।

"एक बेचारे उपासक का क्या मोल है, फिर कृष्ण के उपासकों की तो गिनती ही नहीं, केवल गोपियां ही 360 थीं।" सरला हंसकर बोली।

"नहीं भाभी! यह बात नहीं। कभी-कभी कोई अकेला उपासक एक बार में ही 33 करोड़ देवताओं की आराधना कर लेता है। क्यों, ठीक है न?" भाभी ने उपासकों का पक्ष लिया था, देव ने देवताओं की ओर से कहा।

"होंगे करोड़ों देवता और अनगिनत उपासक,आपने हमारे देवता के लिए आया का प्रबन्ध किया या नहीं?" सरला ने देव से पूछा।

"भाभी, आपके देवता के लिए आया? क्या कृष्ण के लिए अब आया रखनी है?" देव हंसने लगा।

"मनू के लिए तो रखनी है, वह भी तो मेरा देवता है।"

"तो हमारी भाभी के दो देवता हो गए—एक पति, एक पुत्र।"

"एक देवर भी।" सरला हंसने लगी, "केवल उपासना का अन्तर है। पति की उपासना और ढंग से करती हूं, पुत्र की उपासना और ढंग से और देवर भैया की उपासना और ही ढंग से।"

"मनू कहां है?—देवता नम्बर 2?"

"अभी रो-रोकर सोया है। आया बीमार थी, वह छुट्टी लेकर चली गई। यह उसके लिए हुड़कता है।"

"हूं!"

"कोई आया जल्दी से ढूंढ दीजिए न। परसों से उसकी सैर भी नहीं हुई।"

"मुझे रख लीजिए, भाभी! आपके लड़के को बहला दिया करूंगा।"

"आप तो हंसी करते हैं..." सरला इतना कह पाई थी कि नौकर ने आकर कहा कि वह एक आया ढूंढ़ लाया है। सरला ने उसे भीतर बुला लिया।

"क्यों भई, एक बच्चा है,अच्छी तरह खेला लोगी?" सरला ने पूछा।

"बीबी, उमर पक गई इसी काम में, कैसे न खेला सकूंगी! काम देखकर खुश हो जाओगी।" आया अधेड़ आयु की स्त्री थी। चाल-ढाल और बातचीत से सयानी जान पड़ती थी।

"पहले कहां काम करती थी?" सरला ने पूछा।

"पहले मैं लाहौर में थी, उन राय साहब के यहां...क्या नाम है उनके बेटे का...जगदीशचन्दर...उनके यहां चार महीने काम किया। फिर मैं गांव चली गई। अब तो बहुत दिन बाद आ रही हूं।"

आया की इस बात पर देव चौंक उठा। सरला आया से बातें करती रही।

"उधर इतनी जल्दी काम क्यों छोड़ दिया?"

"मैंने थोड़े ही छोड़ा था। वे लोग बिचारे बड़े अच्छे थे। जब मैंने छोड़ा,मुझे तो छोड़ते वक्त रुलाई आ रही थी।" आया का गला भर आया।

"तो फिर छोड़ा क्यों?" इस बार देव ने जल्दी से प्रश्न किया।

"बस तकदीर ही समझ लो, बाबू! मैंने तो सोचा था, अब ज़िन्दगी यहीं कट जाएगी, लेकिन भाग में तो ठोकरें लिखी हैं। जब से उनके घर लड़की हुई, उसकी मां कुछ बीमार रहने लगी। बीमारी तो कोई ऐसी-वैसी नहीं थी बस, बैठे-बैठे डर जाती थी, कभी-कभी बेहोश भी हो जाती थी, कभी चिल्लाने लगती, 'मेरा बच्चा मत छीनो।' वह ठहरे अमीर लोग, डाक्टर ने कह दिया, आया को बदल दो, बस उन्होंने मुझे जवाब दे दिया। एक चपटी नाक वाली और आया रख ली। क्यों बाबू, क्या इससे रोग कट जाते हैं?" आया देव की ओर देखती रही, सोचती रही, शायद कभी बाबू कहेंगे तेरी शक्ल तो बुरी नहीं जिससे डर लगता हो। किन्तु देव ने आया की ओर देखा तक नहीं। वह कुछ बोला भी नहीं, चुपचाप खिड़की की ओर मुंह किए बैठा रहा।

"यहां दिल्ली में मेरी बहिन रहती है, मामा की लड़की, उन्हींके यहां आई थी। लाहौर जाने को अब मन नहीं करता। जहां काम करेंगे वहीं दो रोटी खा लेंगे।" आया ने ऐसा कहा, मानो अपने-आपसे बातें कर रही हो।

"अच्छा, तनख्वाह क्या लोगी?" सरला ने आया से पूछा।

थोड़ी देर की बातचीत के बाद फैसला हो गया। सरला ने आया को नौकर

रख लिया।

इतने में कृष्ण भी आ गया। तीनों बैठकर चाय पीने लगे। देव की उदासीनता का अनुभव कृष्ण और सरला दोनों को हो रहा था। कृष्ण ने कितनी ही बातें पूछीं,किन्तु देव कुछ भी उत्तर न दे सका।

जब देव जाने लगा, उस समय आया मनू को बाहर के बगीचे में खेला रही थी। देव उसके पास से होकर बाहर न जा सका, बगीचे में मनू के साथ खेलने लगा। नई फूलवारी के फूलों में से लाल रंग के फूल तोड़कर वह मनू के बालों में लगाता रहा, कमीज़ में लगाता रहा। मनू देव से बहुत हिला हुआ था, हंसता रहा। अब मनू भली भांति दौड़ लेता था। वह छोटी बाड़ के पीछे छिपता रहा और देव को ढूंढ़ता रहा। आया भी हंसती रही।

"जहां तुम पहले काम करती थीं, उस बच्ची का क्या नाम था?" देव ने कुछ देर के बाद आया से पूछा।

"उसे रंजू कहकर पुकारते थे।" आया ने कहा।

"रंजू? रंजू...?" देव एकाएकी चौंक पड़ा।

"बड़ी प्यारी बच्ची थी, बाबू! अपनी मां की तरह सुन्दर थी। अब तो कुछ बड़ी हो गई होगी।" इस नेक आया को शायद सचमुच ही वह बच्ची प्यारी लगती थी। देव का हाथ कुछ कांप-सा गया। वह मनू को उठाए हुए था, वह गिरते-गिरते बचा।

8

आज मनू का जन्म-दिवस था। कृष्णलाल के घर में बड़ी चहल-पहल थी। चारों ओर से बधाइयां आ रही थीं। इस आवभगत में सरला को सांस लेने का भी अवकाश न था। मनू को सफेद किनारी लगी हुई सफेद रेशम की कमीज़ और वैसा ही पाजामा पहनाया हुआ था। आया को भी आज लाल किनारे वाली महीन मलमल की महीन धोती मिली थी। मनू वैसे ही बड़ा सुन्दर था, किन्तु आज तो उसकी सुन्दरता को मानो चार चांद लग गए थे। पार्टी पर आमन्त्रित अतिथि आते गए और बैठते गए, और मनू पर उपहारों और खिलौनों की मानो वर्षा होती रही। कृष्णलाल खिलौनों के नाम और देने वालों के नाम भली भांति नोट करता जा रहा था, साथ-साथ सरला को समझाता जा रहा था कि वह यह सब मनू की रिकार्ड-बुक में ठीक से लिख ले। मनू आया से उंगली छुड़ाकर इधर-उधर खेलने लगता

था। सरला अतिथियों के स्वागत के कार्य से पल-भर के लिए समय निकालकर भीतर चली जाती और खाने-पीने के प्रबन्ध का निरीक्षण कर लेती थी। कृष्णलाल अतिथियों को लाने, उन्हें बिठाने आदि में भीतर-बाहर आ-जा रहा था। मनू देव की उंगली पकड़े पार्टी के लिए सजी हुई मेज़ों के इधरउधर घूम रहा था।

"डाक्टर साहब, ब्याह करने के लिए जी चाहता हो या नहीं, किन्तु एक बालक की चाह ब्याह करने की प्रेरणा अवश्य देती है।" कृष्णलाल के मित्रों में से एक ने हंसकर कहा। देव सुनकर हंस दिया।

"इतना सुन्दर बेटा खेलाने को क्या आपका जी नहीं करता?" उसी मित्र ने फिर कहा। देव फिर हंस दिया।

"खेला तो रहा है, मेरा है तो क्या, इसका हो तो क्या। क्यों हमारे देवतास्वरूप देव को तंग करते हो?" कृष्णलाल बोल उठा। सब हंसने लगे।

वास्तव में देव इतना सुन्दर और उत्तम नवयुवक था कि जो कोई उसे देखता था, अपनी पुत्री अथवा बहिन के लिए उसे उपयुक्त वर समझता था। किन्तु आज तक कोई भी देव को इस बन्धन में फंसाने में सफल नहीं हो सका था।

मनू के हाथ से उसका 'जन्म-दिवस-केक' कटवाया गया। बधाइयों की बौछार होने लगी। सरला उन बधाइयों को अपनी प्यार की भूखी झोली में संभालती गई। मनू का काटा हुआ केक सबने प्रसाद की भांति ग्रहण किया, और खाना-पीना भी चलता रहा। मनू भी देव की गोद में बैठा-बैठा केक खाता रहा। हंसते-खेलते बधाइयां देते, अतिथि विदा हुए।

सरला, देव और कृष्ण तीनों बैठे मनू को खेलाते रहे। उपहार में आए खिलौने में से सरला ने एक मोटर उठाकर मनू को दिखाई और कहा, "नई मोतल दूंगी, कहो, मनू अम्मी ता बेता ए।" मनू ने तुरन्त कहने की चेष्टा की, "मनू अम्मा ता बेता ए।"

कृष्णलाल ने उन नये खिलौनों में से हवाई जहाज़ हाथ में उठाकर कहा, "नहीं पिताजी ता बेता ए।"

मनू ने अभी मोटर ठीक से हाथों में थामी भी नहीं थी कि उसे छोड़ दिया, अपने पिता की ओर झुककर कहने लगा, "मनू पिताजी ता बेता ए।"

तीनों हंस पड़े। जिसके हाथ में बढ़िया वस्तु होती, मनू उसीका बेटा बन जाता। परन्तु अभी तक न मोटर मिली थी, न हवाई जहाज़, न और कोई खिलौना। अभी तक वह निर्णय नहीं कर सका था कि वह किसका बेटा है।

सरला कहती थी, जब मनू कहेगा कि वह पिताजी का बेटा नहीं, अम्मी का बेटा है, तब उसे मोटर मिलेगी। कृष्ण कहता था कि मनू कहे कि वह अम्मी का बेटा नहीं पिताजी का बेटा है, तब उसे खिलौना दूंगा। मनू खीज उठा, दौड़कर देव के गले में बांहें डाल दीं और कहने लगा, "मनू चाचाजी ता बेता ए।"

सब खिलखिलाकर हंस पड़े।

कुछ देर इसी प्रकार हंसते-बोलते रहे, तब देव घर जाने के लिए उठा।

"अब कब आएंगे?" सरला ने पूछा।

"दूसरे-तीसरे दिन तो यहां आता ही रहता हूं। मेरे आने न आने की क्या बात है!" देव ने हंसकर उत्तर दिया।

"अब तो यहां बारी पर ही आते हैं न। कल भी मैं आपके बारे में इनसे पूछ रही थी। इन्होंने बताया कि आजकल आप डाक्टर रविशंकरजी के यहां ज़्यादा जाते हैं। तो अब तो आप हमसे हमारी बारी पर ही मिलने आ सकते हैं न!" कहकर सरला हंस दी।

"नहीं, भाभी, आप जानती हैं, डाक्टर रविशंकर ही मुझे लाहौर से दिल्ली लाए थे। उनकी मुझपर सदा कृपा रही है। बुज़ुर्ग आदमी हैं। शाम को अस्पताल से छुट्टी पाते ही अपने साथ गाड़ी में बिठा लेते हैं, जाना ही पड़ता है।" देव ने कहा।

"इसलिए तो मैं कहती हूं..."

"नहीं, मैं स्वयं उधर कम जाना चाहता हूं, पर..." देव रुक गया।

"क्यों, वहां जाने में कोई खतरा है क्या?" भाभी ने हंसकर पूछा।

"मुझे तो क्या खतरा हो सकता है," देव हंस पड़ा, फिर कहने लगा, "कहीं किसी और को खतरा न हो।"

कृष्णलाल भी हंस पड़ा। सरला की समझ में कुछ न आया।

"भई डाक्टर रविशंकरजी की कृपादृष्टि आजकल विशेष रूप से देवजी पर है! तुम तो कुछ समझती नहीं।" कृष्णलाल ने सरला से कहा।

"कृपादृष्टियां प्रायः आपत्तिजनक भी होती हैं। भगवान भली करें। डॉ० रविशंकरजी के कोई जवान लड़की तो नहीं?" सरला हंसने लगी।

"अब मतलब आया समझ में।" कृष्णलाल ने हंसकर कहा।

"अच्छा है, देवरानी आएगी।" सरला ने हंसी को रोकते हुए कहा।

"यही तो मुश्किल है। भगवान जब मेरे हाथ पर भाग्य की रेखाएं खींच रहा था तब स्त्री की लकीर खींचते समय उसके कलम की स्याही समाप्त हो गई थी।"

देव खिलखिलाकर हंसने लगा।

9

डाक्टर रविशंकर की पुत्री राजकुमारी असाधारण सुन्दरी थी। ललित कलाओं में उसकी अभिरुचि थी। चित्रकला में उसने शिक्षा प्राप्त की थी और संगीत का भी उसे कुछ-कुछ ज्ञान था। उसके पिता धनवान थे, इसी कारण उसका कोमल स्वभाव और उसकी सरल रुचियां भली भांति विकसित हो पाई थीं। कुमारी डाक्टर देव को बड़ी ही अच्छी दृष्टि से देखती थी, इस बात का कुमारी के पिता को ज्ञान था। डाक्टर देव जैसा चरित्रवान युवक कोई बिरला ही होगा, यह बात भी कुमारी के पिता जानते थे। उनके हृदय में डाक्टर देव के प्रति श्रद्धा थी और अपनी पुत्री पर उन्हें गर्व था। कुमारी की एक ही बड़ी बहिन थी, उसका विवाह हो चुका था। घर में कुमारी एकाकीपन का अनुभव करती थी। इसीलिए डाक्टर देव का साथ कुमारी तथा उसके पिता के लिए अत्यन्त आवश्यक बन गया था।

डाक्टर देव कदाचित् ही अपने घर खाना खा पाता। वह प्रायः कुमारी की मेज़ का ही अतिथि बना रहता। कुमारी के पिता डाक्टर रविशंकर का वैसे तो अपना अस्पताल था, किन्तु वह स्वयं गठिया के रोगी थे। उनके घुटनों के जोड़ों में प्रायः पीड़ा रहती थी। देव भी डाक्टर था, अस्पताल में और भी कितने ही डाक्टर थे, किन्तु कुमारी के पिता के घुटनों के जोड़ इतने खोखले हो चुके थे कि उन्हें बहुधा अपनी कोठी के बरामदे, बगीचे या कमरे में आरामकुर्सी पर बैठे रहना पड़ता था। इसलिए डाक्टर देव के विचार, डाक्टर देव का संसर्ग, डाक्टर देव की कविता, कुमारी के पिता के लिए कूमारी से भी अधिक आवश्यक थी। कुमारी की कोमल और साधारण से उच्च रुचियां सहेलियों की सभा से भी उकता जाती थीं, दिन-रात के पुस्तकावलोकन से भी थक जाती थीं, इसलिए डाक्टर देव की आवश्यकता कुमारी के पिता की अपेक्षा कुमारी को अधिक थी।

आज कुमारी ने मेज़ पर चाय लगवा रखी थी। कुमारी और उसके पिता दोनों पास-पास बैठे हुए थे। गरम चाय का धुआं प्यालों में से बल खाता हुआ निकल रहा था। अण्डों वाले मीठे टोस्ट कुमारी के पिता को बहुत अच्छे लगते थे, वे भी मेज़ पर थे। परन्तु दोनों को लग रहा था कि कोई वस्तु वहां नहीं है, और इस 'कोई वस्तु' के सम्बन्ध में उन दोनों में से किसीके मन में भी गलत धारणा नहीं थी। दोनों जानते थे कि वह 'कोई वस्तु' डाक्टर देव के अतिरिक्त और कुछ नहीं है।

मीठा और गरम चाय का फीकापन और ठंडापन बहुत देर तक न रहा। डाक्टर देव आ गया। कुमारी हंस दी, कुमारी के पिता हंस दिए, कमरा सुशोभित हो गया, मेज़ भी खिल उठी। तीनों हंसते रहे, चाय पीते रहे। फिर देव आज के खतरनाक केस की बातें करता रहा, कैसे उसने एक नवयुवक का आपरेशन किया, उसके प्लूरिसी थी। उसकी नवविवाहिता पत्नी रो रही थी मानो उसके जीवन का आपरेशन हो रहा था। डाक्टर देव ने कहा कि निर्धन और साधारण वर्ग के घरों में बेचारी स्त्री का जीवन पति की हंसी के साथ हंसता है, पति के रोने के साथ रो उठता है, पति के बीमार हो जाने पर बीमार हो जाता है, और पति की मृत्यु के साथ मर जाता है।

"क्या आपका यह विचार है कि साधारण से उच्च स्थिति के घरों में स्त्री का प्रेम प्रेम नहीं होता? नारी का हृदय सदा नारी का हृदय है। वह सदा अपने प्रियतम के जीवन के साथ जीवित रहता है, प्रियतम की मृत्यु के साथ मर जाता है।" कुमारी तर्क करने लगी।

"ठीक है। किन्तु मैं तो यह कह रहा हूं कि अमीरी में घर के कामकाज को छोड़ जीवन के अन्य कार्यों में रुचि काफी हद तक मनोरंजन का साधन बन जाती है। किन्तु साधारण स्त्री के लिए पति के अतिरिक्त और कोई मनोरंजन का साधन नहीं होता।" देव ने कहा।

"घुन खाए हुए दाने की भांति उस स्त्री के हंसते रहने और सोसाइटी में आते-जाते रहने से उसकी वेदना का मूल्य कम नहीं हो जाता।" कुमारी उसी प्रकार तर्क करते हुए बोली।

फिर सब सोचते रहे, प्लूरिसी का रोग प्रच्छन्न रहता है, फिर उभर आता है। ऐसे और भी कितने ही भयानक रोग हैं। मनुष्य का जीवन रोगों से, निर्धनता से, तथा अन्य अगणित यातनाओं से घिराबंधा रेंगता रहता है।

कुमारी के पिता शाम की चाय के बाद प्रायः थोड़ा-बहुत पढ़ा करते थे। उसके बाद अपने बाग में टहला करते थे। अब उनके अध्ययन का समय हो गया था। कुमारी और डाक्टर देव दोनों कुमारी के कमरे में चले गए। कुमारी एक गीत सुनाएगी या डाक्टर एक कविता, दोनों इस सम्बन्ध में वाद-विवाद करते रहे। अन्त में समझौता यह हुआ कि पहले डाक्टर देव अपनी एक कविता सुनाएगा, फिर उसी कविता को कुमारी गाएगी। देव ने अपना नया गीत सुनाया जो कुछ इस प्रकार था—'चांद और तारों-भरी रात है, आओ, हमें मिल जाओ। सरसों में नये फूल आ गए हैं, किन्तु प्रीति छली गई है, आंखों में आंसू भरे हैं, आओ, हमें

मिल जाओ। ऋतु बदल चुकी है, किन्तु मेरे आषाढ़ तो उसी प्रकार सूने हैं, मेरे पौष तो उसी प्रकार उदास हैं, आओ, हमें मिल आओ। वह भी समय था जब तुम मेरी थीं, मैं तुम्हारा था; किन्तु अब वह दिन कहां हैं? आज चांद और तारों-भरी रात है, आओ, हमें मिल जाओ।'

जब डाक्टर देव ने अपनी कविता समाप्त की तो कुमारी ने उसी कविता को गाना आरम्भ कर दिया। कुमारी तानपूरे के तारों को धीरे-धीरे छेड़ रही थी। उसके कंठ से तैलंग के स्वर जाग्रत् हो रहे थे।

कुमारी गाती रही। डाक्टर देव कुछ घबरा-सा गया। उसे ऐसा प्रतीत हुआ, मानो यह गीत जो उसने कदाचित् किसी और को लक्ष्य कर लिखा था, कुमारी स्वयं उसीको लक्ष्य कर गा रही थी।

कुमारी रूपवती थी और देखने में बड़ी प्यारी लगती थी। कुमारी उसे प्रेम करती थी; पर देव ने सोचा, उसके हाथों में बल नहीं है कि वे कुमारी के हाथों को थाम सकें, उसके पांवों में शक्ति नहीं है कि वे कुमारी के साथ-साथ चल सकें। उसे कोई अधिकार नहीं है कि वह कुमारी को उस पथ पर डाल दे, जिसपर वह स्वयं न चल सकता हो। किन्तु वह कुमारी को कैसे सावधान करे!

देव ने सोचा, दुःख तो संसार में हर स्थान पर बिखरे पड़े हैं, रोग इस शहर की भांति और शहरों में भी हैं, क्यों न वह कहीं और जाकर डाक्टरी कर ले। परन्तु कुमारी के पिता, जिनकी स्नेह-सिक्त कृपादृष्टि के नीचे वह दब रहा था, क्या सोचेंगे? फिर कृष्णलाल, जिनके अतिरिक्त उसका और कोई मित्र नहीं था, सरला जो माता जैसी भाभी थी, बहिन जैसी अपनी थी, मनू...उसकी बाल-क्रीड़ाओं को वह कैसे आंखों से ओझल कर सकता था?

देव को ऐसा प्रतीत हुआ, मानो उसके पांव धरती में धंसते चले जा रहे हों।

10

दूसरे दिन राजकुमारी ने देव को चाय पर बुलाया था। देव ने जाकर देखा, राजकुमारी की दो-तीन सहेलियां, कुमारी के पिता के एक-दो समवयस्क मित्र, परस्पर वार्तालाप में संलग्न थे। कमरे में खूब रौनक थी। कुमारी के पिता ने स्नेहपूर्वक देव को अपने पास बिठाया। इन सबने देव को पहले एक-दो बार देखा हुआ था।

आज की चाय का आयोजन प्रतिदिन की अपेक्षा बहुत बड़े ढंग पर किया गया था। देव की डाक्टरी की, देव की कविता की बहुत प्रशंसा होती रही। देव

का शरीर दुबला-पतला था, कद लम्बा, रंग बहुत साफ तो नहीं परन्तु अत्यन्त प्रभावशाली था। देव के मुख पर हंसी बहुत नहीं आती थी, एक प्रकार की गम्भीरता-सी छाई रहती थी, वरन् कई बार बातें करते-करते उसके मुख पर वैराग्य की एक झलक-सी छा जाती थी। कुमारी की सभी सहेलियों को वह अच्छा लगता था, परन्तु उसकी गम्भीरता के सामने वे बहुत हंस-खेल नहीं सकती थीं। आज सबने हंसते हुए देव को बधाई दी। देव की समझ में कुछ नहीं आया। परन्तु एक गरम सूट के उपहार के साथ 'जन्मदिन की बधाई' के कार्ड ने उसे बता दिया कि यह देव का जन्म-दिवस मनाया जा रहा था। यह उपहार डाक्टर रविशंकर की ओर से था और वे कह रहे थे कि देव उन्हें पुत्न के समान प्रिय है।

चाय समाप्त हो गई। सब अतिथि चले गए। कुमारी देव को अपने कमरे में ले आई।

"मुझे ज़रा जल्दी है, क्या मैं जा सकता हूं?" देव ने बहुत सोचने के बाद कह ही डाला।

"यदि पूछने का सवाल है तो नहीं जा सकते।" कुमारी आज कुछ शोख थी।

"तो इसका यह मतलब है कि यदि मांगने से आज्ञा न मिले तो आज्ञा बिना प्राप्त किए ही जा सकने की घृष्टता की जा सकती है।"

"ज़बरदस्ती के आगे हार मानने के सिवा और क्या किया जा सकता है।" कुमारी ने बड़ी नम्रता से कहा।

"न जाने देना भी तो ज़बरदस्ती है।"

"फिर आप हार मान लीजिए।" कुमारी हंस पड़ी।

"यदि मुझ अकेले के हार मानने का प्रश्न होता तो कोई बात न थी, मैं बहुत कुछ हारकर भी कुमारी को खुश कर लेता, किन्तु...।"

"आप हार मानिए चाहे न मानिए, कुमारी सदा खुश रहेगी।" कुमारी के स्वर में नम्रता आ गई।

"तो अब क्या आज्ञा है?" देव चुपचाप आज्ञाकारी बालक की भांति कमरे में बैठ गया।

"इधर आइए!" कुमारी ने अलमारी खोली, "अपने जन्म-दिवस पर क्या मेरा उपहार स्वीकार न करेंगे?"

देव ने आगे बढ़कर देखा, कुमारी का बनाया हुआ देव का चित्न था। देव जानता था कि कुमारी को चित्नकला का भी थोड़ा-बहुत ज्ञान है; किन्तु वह यह नहीं

जानता था कि वह इस कला में इतनी प्रवीण है। साधारण पोज़ था। देव को ऐसा प्रतीत हुआ कि इस चित्र में उसकी मुखाकृति अधिक निखरी हुई है। देव ने सोचा कुमारी ने उसके नाक-नक्श को भली भांति देखा होगा, उन्हें विचारों में चित्रित किया होगा, फिर कई-कई घण्टों की साधना से कागज़ पर अंकित किया होगा। किन्तु इन सब बातों से अधिक देव चित्र पर एक फूलों का हार चढ़ा हुआ देखकर घबरा गया।

"कला की सराहना किन शब्दों में करूं! परन्तु कुमारी..."

"क्या कह रहे थे आप?"

"इस उपकार का बदला कैसे चुकाऊंगा, मेरे पास तो कुछ भी नहीं।"

"उपकार यह है नहीं और उपहार कभी बेचा नहीं जाता। मैं इसके बदले में कुछ नहीं चाहती।" कुमारी ने सिर झुका लिया।

"पर इसके गले में यह हार क्यों?"

"क्या आज आपका जन्म-दिन नहीं? सोचा था, आपके गले में पहनाऊंगी, परन्तु साहस नहीं हुआ।" कुमारी सिर नीचा किए रही। देव का मन किया कि वह कह दे, 'कुमारी, यह साहस कभी न करना,' परन्तु वह कह न सका। इतनी सुगमता से वह कैसे कुमारी का दिल तोड़ देता! वह साहस न कर सका।

"कुमारी! मेरा स्वास्थ्य अच्छा नहीं रहता। सोचता हूं, मुझे जलवायु-परिवर्तन करना चाहिए। मैं पिताजी से आज्ञा लेकर किसी और शहर में काम करूंगा।" देव ने सोच-साचकर कह ही डाला। देव डाक्टर रविशंकर को पिताजी कहा करता था।

कुमारी ने मेज़ का सहारा लेकर देव की ओर देखा। इतना प्यारा उलाहना देव सहन न कर सका, उसने आंखें झुका लीं। कुमारी जानती थी कि देव की इच्छा का उल्लंघन सहल नहीं।

"आपका स्वास्थ्य कुछ खराब रहता है?" कुमारी ने चिन्ता-भरे स्वर में पूछा।

"हां...कुछ-कुछ...।" देव ने आंखें झुकाए हुए कहा।

"कौन-से शहर जाना चाहते हैं आप?"

"ठीक पता नहीं, अभी तो कुछ सोचा भी नहीं है।"

"फिर यहां कब आएंगे?" कुमारी ने सूखे हुए होंठों से पूछा।

देव पहले तो चुप रहा, फिर बोला, "कुमारी! तुम मुझे अपने विवाह पर बुलाओगी न? बस तभी आऊंगा।"

...कुछ दिन बीत गए। देव जितना बीमार था, था ही, कुमारी का स्वास्थ्य

अवश्य बिगड़ता गया। अपने पिता की वह एकमात्र पुत्री थी, वह भी धनवान पिता की। धन के बाहुल्य में जीवन अधिक मूल्यवान हो जाते हैं। कुमारी के पिता ने कुमारी को किसी स्वास्थ्यप्रद पहाड़ी जलवायु में ले जाने का निश्चय कर लिया और देव को बुला भेजा।

"देव! कुमारी का स्वास्थ्य अच्छा नहीं रहता, तुमने कभी नोट किया है?"

"हां, मुझे भी कुछ लग तो रहा था।" देव ने अपने स्वाभाविक शान्तिपूर्ण ढंग से कहा।

"कुछ नहीं...काफी।"

'.........."

"मैं चाहता हूं, कुछ दिनों के लिए कुमारी को किसी पहाड़ पर ले जाऊं।"

"ज़रूर ले जाना चाहिए।"

"तुम तो जानते ही हो, मेरे घुटने...तुम्हारा साथ चलना भी ज़रूरी है। मैं अकेला उसकी देख-रेख नहीं कर सकता।"

"पिताजी! पीछे यहां इतने फैले हुए काम..."

"कुमारी का जीवन इन कामों की अपेक्षा अधिक ज़रूरी है।" कुमारी के पिता ने निश्चयपूर्ण स्वर में कहा। अब देव क्या कह सकता था? फिर वह डाक्टर भी तो था, उसका कर्तव्य था कि वह कुमारी की देख-रेख करे।

पहाड़ जाने की तैयारी होने लगी। कुमारी में एक प्रकार का नवोल्लास जाग्रत हो उठा। वहां देव किसी और के घर नहीं रहेगा, वहां किसी अस्पताल के रोगी उसे न बुलवा सकेंगे। बीमारी कितनी अच्छी वस्तु है। देव कुमारी के समीप नहीं आ सकता था, किन्तु डाक्टर तो बीमार के पास आएगा।

देव, कुमारी और उसके पिता बहुत-से नौकरों और पहाड़ जितने सामान को साथ लेकर मसूरी चले गए।

11

मसूरी की कोठी बहुत बड़ी थी। तीनों के लिए अलग-अलग कमरे थे। यद्यपि वे कमरे सारा-सारा दिन मुंह उठाए तीनों की प्रतीक्षा करते रहते थे, उन कमरों में कोई बैठता ही नहीं था। डाक्टर रविशंकर बरामदे में आरामकुर्सी पर बैठे रहते थे, कुमारी और देव प्रायः पहाड़ों की चढ़ाइयों और उतराइयों में घूमते रहते थे। यदि तीनों कभी बैठते भी, तो एक ही कमरे में। हां, रात्रि को सोने के समय उन

तीनों कमरों के वासी अपने-अपने कमरे में पहुंच जाते थे।

कुमारी वैसे तो ठीक थी, केवल पिछले महीने से वह कुछ कम खाने लगी थी, कुछ हंसती भी कम थी, कुछ सोती भी कम थी। बस, और उसे कुछ न था। थोड़ी दुबली भी अवश्य हो गई थी। अब तीनों को हंसने-खेलने के अतिरिक्त और कोई काम न था। हां, पुस्तकें अवश्य इन तीनों जनों के पीछे पड़ी रहती थीं, वे यहां पहाड़ पर भी साथ आ गई थीं। मेज़ पर खाना लग जाता, तीनों खाने बैठते, देव तरकारियों के चमचे भर-भरकर कुमारी की प्लेटों में डाल देता। मलाई की बारी आती तो मक्खन और मलाई के चमचे भर-भर कुमारी के आगे ढेर लगा देता, और हंसकर कहता, "बाबा, जल्दी से मोटी हो जाओ, हम भी वापस जाकर कुछ काम-काज करें।"

इन दिनों कुमारी का हृदय अत्यन्त प्रसन्न था, कहती, "जो वापस चले जाना है, तो मैं बिलकुल ही खाना छोड़े देती हूं।"

एक दिन नन्ही-नन्ही फुहारें पड़ रही थीं, बहुत हल्की-सी फुहारें। पास की कोठी से कुमारी की नई सहेली, उसका भाई, और जो उनके घर एक-दो मित्र आए हुए थे, वे भी सब कुमारी के यहां आए। सबकी सैर जाने की सलाह थी। कुमारी वर्षा के कारण कुछ झिझक रही थी। किन्तु जब सभी उठकर सैर के लिए चल दिए तो वह भी साथ हो ली। वह वैसे भी ज़रा दुर्बल थी। देव ने एक छाता ज़बरदस्ती उसके हाथ में दे दिया। औरों ने कुछ भी नहीं लिया। सब हंसते-बोलते चल पड़े। वर्षा थम गई थी।

"मेरे ऊपर व्यर्थ का यह बोझा लाद दिया है।" हाथ में लिए हुए बन्द छाते की ओर देखकर कुमारी ने हंसते हुए कहा। देव ने धीरे से छाता कुमारी के हाथ से ले लिया।

"अच्छा, छाते को बांट लेते हैं, जितनी देर मेंह बंद रहे छाता मेरा, जितनी देर मेंह बरसता रहे, छाता तुम्हारा।" देव ने हंसकर कहा। सब हंसते रहे। थोड़ी देर में सचमुच ही हल्की बूंदा-बांदी होने लगी। देव ने छाता खोलकर कुमारी की ओर बढ़ा दिया।

"ऊंह! यह बोझ मैं नहीं उठा सकती, आप ही उठाए रखिए। हां, आप यदि कहें तो आपके छाते के नीचे आ सकती हूं।" कुमारी हंसकर देव के साथ-साथ चलने लगी। देव ने छाता अपने ऊपर कम और कुमारी के ऊपर अधिक किए रखा।

बादलों के छोटे-छोटे टुकड़े आपस में आंख-मिचौनी खेल रहे थे। मेंह फिर रुक गया। देव ने छाता बन्द करके हाथ में ले लिया। सब उत्फुल्ल हृदय से परस्पर बातें करते और हंसते रहे। देव हाथ में छाता लिए रहा।

"मुझे डर है कि कहीं यह भार आपको सदा ही न उठाना पड़े।" कुमारी ने ज़रा देव के समीप होकर कहा।

देव जानता था कि इस छोटी-सी बात का अर्थ बहुत बड़ा है। परन्तु कुमारी से कुछ कह न सका। कुमारी के हृदय में एक अभिलाषा उत्पन्न हुई, काश! देव कह दे, 'यह छोटा-सा भार, यह हलका-सा भार मैं सदैव उठाए रखूंगा, इससे कभी नहीं थकूंगा।' कुमारी सोचती रही, वह देव के कंधों का भार नहीं बनेगी, फूलों से भी हलके पंख बन जाएगी। भला पंखों को भी किसीने भार माना है? प्रत्युत देव तो इनके सहारे उड़ सकेगा! कुमारी देव के मुख की ओर देखती रही। देव के मुख पर कठोर अथवा कोमल कोई भाव नहीं था। वह कुछ न बोला।

आगे मोड़ से पगडंडी नीचे खेतों की ओर जाती थी। वहां दो-तीन पहाड़ी घर थे। आज वहां शायद किसीका विवाह हो रहा था। बहुत-सी पहाड़िनें चांदी की झांझरें भनकाती इधर-उधर घूम रही थीं। आज उन्होंने कोरे नये वस्त्र धारण किए थे। गाढ़े रंगों की होली खेली जान पड़ती थी। उनकी झांझरों की झनकार पहाड़ियों और पत्थर से टकराकर वातावरण में एक गूंज-सी पैदा कर रही थी। पुरुष सब ऊपर सड़क पर खड़े रहे, कुमारी और उसकी सहेली दोनों पगडंडी से नीचे विवाह वाले घर की ओर चल दीं। नीचे से पहाड़ी युवतियों के गाने की आवाज़ आ रही थी।

कुमारी और उसकी सहेली जब लौटकर ऊपर आईं, उस समय कुमारी का मुंह उतरा हुआ था।

"विवाह वाले घर से भला कोई ऐसे आता है?" देव ने हंसकर पूछा।

"विवाह? कैसा विवाह?" कुमारी ने चकित होकर कहा।

"यहीं नीचे। विवाह नहीं तो और क्या हो रहा है?"

"नहीं, वहां एक मेला है, जिसमें आज बलि चढ़ाई जाएगी। इसीलिए लोग इकट्ठे हुए हैं।" कुमारी ने बुरा-सा मुंह बनाकर कहा।

"ये पहाड़ी लोग कई प्रकार के मेले करते हैं, कई प्रकार की बलिवलि चढ़ाते हैं, कभी इसलिए कि वर्षा हो, कभी इसलिए कि वर्षा न हो।" उनमें से एक ने कहा। सब हंसने लगे। केवल कुमारी नहीं हंसी।

"नहीं, आज एक मनुष्य की बलि चढ़ने वाली है।" कुमारी ने विषादपूर्ण स्वर में कहा।

"अंग्रेज़ी राज में मनुष्य की बलि? यह कैसे हो सकता है?"

"हां एक लड़की की बलि, एक नौजवान लड़की की बलि!" कुमारी ने उत्तर

दिया, "एक बूढ़ा गहनों का ढेर लेकर आया है। उसका वंश चलाने वाला कोई नहीं है। सयानों ने कहा है, किसी जवान लड़की की बलि दो, शायद उसका वंश चलाने वाला हो जाए।" कुमारी का मुंह रुआंसा हो गया था।

सब समझ गए कि किसी जवान लड़की का विवाह किसी बूढ़े के साथ होने वाला है। कुमारी इस अन्याय को सहन न कर पा रही थी। औरों के मन भी इस घटना से खिन्न हो गए।

कुमारी की सहेली ने बताया कि वह ब्याही जाने वाली लड़की को देखकर आई है, भरपूर जवान और बड़ी ही सुन्दर है।

सब लोग सड़क छोड़ पहाड़ी पर ज़रा ऊपर चढ़कर जहां छोटी-छोटी पगडंडियां जा रही थीं, छोटे-बड़े पत्थरों पर बैठ गए।

"एक स्त्री कह रही थी कि बूढ़े की तीन पत्नियां और हैं।" कुमारी ने कहा।

"लड़की को शायद यह बात मालूम न होगी, वह तो इतनी उदास न थी।" कुमारी की सहेली ने कहा।

"उसे मालूम भी हो तो वह कर क्या सकती है?" देव ने तनिक मुस्कराकर कहा। उसकी मुस्कान में विषाद की झलक थी।

"मुझे आश्चर्य है, वह लड़की वहां जाकर कैसे रहेगी, कैसे खाएगी, हंसेगी, खेलेगी! वह कैसे वहां आजीवन रह सकेगी!"कुमारी ने कहा।

"यह तो कुछ बात नहीं, कुमारी! घर-घर ऐसा ही होता है, कहीं कुछ ऐसा ही, कहीं कुछ कम।" देव ने कहा।

"मेरी समझ में नहीं आता, जिस घर में वह किसीको प्यार नहीं कर सकेगी, वहां वह कैसे रहेगी?" कुमारी ने कहा।

"कुमारी! प्रतिदिन इतने विवाह होते हैं, इतने लड़के घोड़ी चढ़ते हैं, इतनी लड़कियां डोली में सवार होती हैं, क्या वे सब जीवन से प्रेम करते हैं?" देव ने ठहरकर पूछा।

"यदि नहीं करते तो वे किस प्रकार जीवित रहते हैं। जीवन किस प्रकार चलता है?" कुमारी के निचले होंठ में एक सिकुड़न-सी आ गई। उसकी बात पत्थर की भांति सत्य और कठोर थी।

"पर साधारण जीवन तो अपने-अपने पथ पर चलते ही रहते हैं। कोई गिला नहीं, शिकायत नहीं। सब भांति लोग सन्तुष्ट ही दीख पड़ते हैं।" साथियों में से एक ने कहा।

"हां, इसलिए कि सब कुछ उनकी आदत बन जाती है, और आदतें ही धीरे-धीरे जीवन बन जाती हैं। पुरुष पति बनते हैं, स्त्रियां पत्नी बनती हैं, दोनों सदा साथ रहते हैं, उनके सन्तान होती है, उसे वे पालते हैं, जीवन-भर, और किसीकी ओर वह आंख उठाकर भी नहीं देखते; परन्तु कौन कहता है कि उन्हें एक-दूसरे से प्रेम होता है।" देव कहता जा रहा था, उसके साथी उसके मुख की ओर देख रहे थे। "आप इसे स्त्रियों की स्वामिभक्ति कहेंगे, किन्तु यदि पहले दिन उसी स्त्री का विवाह किसी अन्य पुरुष के साथ कर दिया जाता तो वह उसकी स्वामिभक्त पत्नी बन जाती, उसीकी संतान को जन्म देती, पालन-पोषण करती और किसीकी ओर आंख उठाकर भी न देखती। यह स्वामिभक्ति तो अवश्य है, किन्तु प्रेम नहीं, आदत-मात्र है। हमारा हंसना आदत है, हमारा रोना आदत है, सारा जीना आदत है..." कहते-कहते देव ने सिर झुका लिया। उसका मुंह तनिक लाल हो गया था। कुमारी श्रद्धापूर्वक उसके मुख की ओर देखती रही। और सब भी देखते रहे। इस कटु सत्य ने उनके मुख पर आश्चर्य का भाव उत्पन्न कर दिया था। कदाचित् पहले से उन्हें इस सत्य का ज्ञान रहा हो, किन्तु जिस ढंग से डाक्टर देव ने इस बात को कहा था, उसने सचमुच ही उन्हें आश्चर्य में डाल दिया था। उन्हें लग रहा था, मानो वे कोई नई बात सुन रहे हों।

"तो क्या अपनी इच्छाशक्ति कभी जाग्रत् नहीं होती?" कुछ देर के बाद कुमारी ने कहा।

"इच्छा नाम की कोई नई वस्तु हमारे भीतर कभी उत्पन्न ही नहीं होती। हमारे रक्त में पुराने संस्कारों के जो कृमि मिले हुए होते हैं, वही धीरे-धीरे पलते रहते हैं। जो मनुष्य मर चुके हैं, उन्हींके सिद्धांत आज के मानव की सम्पूर्ण विचारधारा पर छाए हुए हैं। जीवन के सभी द्वार उन्हींसे घिरे हुए हैं। बस, मानव भी वैसे ही जीवन-यापन करता जाता है। कभी यदि किसीके मस्तिष्क में कोई उथल-पुथल मचती है, तो वह कुछ हलके-से झटके देकर ही रह जाती है। छोटे-छोटे हिचकोले कुम्भकरण की भांति सोए हुए वातावरण में क्या अन्तर ला सकते हैं। अभी-अभी जो कुछ कुमारी ने देखा है, उससे जितनी प्रभावित कुमारी हुई है, उतनी प्रभावित वह बलि दी जाने वाली लड़की नहीं हुई होगी, क्योंकि उसमें इतना सब अनुभव करने की क्षमता नहीं है। कुमारी की इन कोमल नाड़ियों में अधिक जागृति है। कुमारी ने अत्यंत दुःखी होकर यह घटना सुनाई है, हम सबने इसे सुना है। परन्तु अभी थोड़ी ही देर में सब इसे भूल जाएंगे। कुमारी भी काम-काज में लग जाएगी, हम सब भी अपने काम में लग जाएंगे। परन्तु वह लड़की अपनी आयु के बाकी लम्बे वर्ष काटती रहेगी। हमने

अपनी विचार शक्ति से जो कुछ भी सोचा है, वह इस लड़की के जीवन के लिए क्या अर्थ रखता है? उसके विवाह के सम्बन्ध में न तो चांदी के घुंघरू छनछनाने वाली पहाड़िनों ने ही कुछ किया है और न हमने ही; जहां तक उस लड़की का सम्बन्ध है, हम सब बराबर हैं। क्या हमारे अड़ोस-पड़ोस में किए जाने वाले पाप-कर्मों के लिए हमारा कोई उत्तरदायित्व नहीं है?" देव का मुख अंगारे की भांति लाल हो गया था।

सबके रक्त में गरमी की एक लहर-सी दौड़ गई, एक अशक्त क्रोध-सा, मानो वह अभी उठकर उस सरल सुन्दर पहाड़ी लड़की को उस बुड्ढे हिंसक पशु के पंजे से छुड़ा लेंगे, नहीं तो उस बूढ़े के निर्दयी पंजे जीवन-भर उस कन्या के यौवन को नोचते रहेंगे। इस भावना ने उन सबके रक्त के साथ मिलकर उनके सम्पूर्ण शरीर का एक चक्कर पूरा किया। निस्तब्धता छाई हुई थी। रक्त के दूसरे चक्कर के समय यह भावना कदाचित् भाप बन चुकी थी, इधर-उधर बिखर गई। उल्लेखनीय कुछ न हुआ। सब धीरे-धीरे उठकर सड़क पर आ गए और अपनी-अपनी कोठियों की ओर लौट गए।

12

कुमारी का स्वास्थ्य पहले से बहुत सुधर गया था। एक दिन भोर होते ही राजकुमारी बिस्तर से उठकर सोने वाले कपड़ों में ही कोठी से बाहर आ गई। पहाड़ की वह प्रातःवेला बड़ी सुहावनी थी, परन्तु राजकुमारी का स्वप्न-रंजित मुख उस पहाड़ी वेला से भी कहीं अधिक सुन्दर प्रतीत होता था। कोठी के बाहर चीड़ के ऊंचे वृक्ष थे, स्ट्राबेरी की छोटी-छोटी झाड़ियां थीं। राजकुमारी वृक्ष की एक लटकी हुई टहनी को पकड़कर अपनी बांह को झुलाने लगी। हिलोर सारे शरीर में आ रही थी। राजकुमारी गा रही थी :

मेरी आस लए अंगड़ाइयां।
जाग जवानी जाग जाग
जागण दियां रुत्तां आइयां।
सागर विच अज औण उछाले[1]

---

1. मेरी आशा ने अंगड़ाई ली है।
जागो जागो, यौवन जागो,
जागने की ऋतु आई है।
सागर में ज्वार आया है,

अज मेरे सुपने मतवाले,
अज अलसाया अंग अंग,
अंखियां मेरियां नशिआइयां।
मेरी आस लए अंगड़ाइयां।
वग नी वाए महकां मतिए,
हस पौ कलिए, हस पी पतिए,
अज मेरे बागां विच चलके,
आप बहारां आइयां।
मेरी पास लए अंगड़ाइयां।

कुमारी गा रही थी। शांत वायुमंडल संगीतमय हो गया। कोठी में सोए हुए कुमारी के पिता ने अंगड़ाई ली। कुमारी के हर्ष के साथ पिता के हृदय में आशाएं जाग उठीं। वे खुश थे क्योंकि उनकी बेटी खुश थी।

देव भी जाग उठा। वह सुनता रहा। उसके भीतर से कोई बोल उठा, 'राजकुमारी की आंखों पर वह रंगीन ऐनक और कितने दिन रह सकेगी? सुहावने स्वप्न टूट जाएंगे, वीरानियां छा जाएंगी। उसे वास्तविक संसार दिखला दे।'

देव उठा, बाहर आया, दूर से कुमारी को टहनी के झूले से झूलते देखा, पांव रुक गए। क्या वह ऐसी सुकुमार लड़की का स्वप्न एक पल में नष्ट कर देगा? उसका स्वास्थ्य उभर रहा था, उसकी आशाएं जाग्रत् हो रही थीं, वह उसे कैसे निराश कर सकेगा! कैसे उसके स्वास्थ्य को फिर गिरने देगा! वह अपने पिता के अंधेरे घर का दीया थी, वह उसे किन हाथों से बुझा सकेगा!

---

1. आज मेरे स्वप्न मदमस्त हैं,
आज मेरा अंग अंग अलसाया हुआ है,
और आंखें जैसे नशे में हैं।
मेरी आशा ने अगड़ाई ली है।
ओ मन्द-सुगन्ध समीर तुम बहो,
अरी कली तू हंस पड़, ओ पत्ती तू हंस पड़,
आज मेरे बाग में स्वयं चलकर,
बहार आई है।
मेरी आशा ने अंगड़ाई ली है।

कुमारी झूलती रही। झूलते-झूलते जब वह मुड़ी तो उसने सामने देव को खड़ा देखा। देव अब लौट नहीं सकता था, वह कुमारी के पास आ गया। कुमारी हंसी, परन्तु देव उसके साथ हंसा नहीं, मुस्करा दिया।

"देवजी!"

"जी!"

"आप मेरी तरह खुश नहीं।"

"मैं उतना खुश किस प्रकार हो सकता हूं, आप राजकुमारी हैं।"

"अच्छा!"

"मेरा मतलब केवल नाम से नहीं है, आप वास्तव में एक राजकुमारी हैं।"

"अच्छा!"

"और मैं एक फकीर हूं।"

"खूब!" राजकुमारी हंसने लगी।

"मैं हंसी नहीं कर रहा हूं।"

"अच्छा फकीर बनकर आए हैं तो राजकुमारी क्या दे?" कुमारी हंसती रही।

"मैं कुछ लेने नहीं आया।"

"कुछ देने आए हैं? तो दीजिए।"

"नहीं, देने भी नहीं।" देव की मुद्रा गम्भीर थी।

"तो फिर?"

"केवल इतना कहने कि राजकुमारियों के पथ और होते हैं, फकीरों के और। जब राजकुमारियां हंसती हैं, तब यह आवश्यक नहीं कि फकीर भी हंस सकें।" देव मुस्करा दिया।

"अच्छा है, न हंसें फकीर लोग, न चलें वह राजकुमारियों के पथ पर। किन्तु यह तो हो सकता है कि जब फकीर न हंसें तब राजकुमारियां भी न हंसें, वे तो फकीरों के पथ पर चल सकती हैं न! फकीर लोग चलते रहें अपने ही पथ पर!" कुमारी ने इठलाकर कहा।

"नहीं कुमारीजी! कुमारियों को राजमार्ग ही शोभा देते हैं।" देव ने सिर झुका लिया। कुमारी की हंसी रुक गई।

"देवजी! कभी-कभी जीवन-रूपी वृक्ष पर आशा का बौर क्यों आ जाता है?"

"कई वृक्षों पर फल बनने के लिए और कइयों पर झड़कर गिर जाने के लिए।" देव ने उदास होकर कहा।

"अच्छा, मेरा हाथ देखिए। मेरे भाग्य में क्या लिखा है?" कुमारी फिर हंसने लगी।

"मैं चाहता हूं, सच्चे हृदय से चाहता हूं कि वृक्ष पर खूब बहार आए।" देव ने द्रवित होकर कुमारी की ओर देखा।

"नहीं, आप यह नहीं चाहते।" कुमारी ने मुस्कराकर एक गहरी सांस ली।

"नहीं कुमारी! ऐसा मत कहो, मेरी शुभ इच्छाओं पर सन्देह न करो।"

"जब फकीरों और राजकुमारियों के पथ अलग होंगे, तब राजकुमारियों पर कभी बहार नहीं आ सकती।" कहकर कुमारी ने सिर झुका लिया। देव वहीं खड़ा रहा। कुमारी धीरे-धीरे कोठी के भीतर चली गई।

13

राजकुमारी के पिता को यह बताने की आवश्यकता नहीं थी कि राजकुमारी क्या चाहती है। उसके स्वास्थ्य से, उसकी इच्छाओं से वह भली भांति परिचित थे। एक दिन राजकुमारी अपनी सहेलियों के साथ चाय पी रही थी। डाक्टर रविशंकर ने देव को अपने पास बुलाया।

"देव बेटा!"

"जी!"

"मेरे पास बैठो, कुछ सुनाओ।"

"अच्छा सुनिए। आज हम सैर करने कैमल बैंक गए थे। हमने कुछ कच्चे अनार तोड़े। उनमें दाने बहुत थोड़े थे किन्तु थे बहुत ही मीठे। एक पहाड़िए से हमने पके हुए टमाटर लिए, फिर हमने उसके खेत में से मटर तोड़ने की आज्ञा मांगी..."

"इन बातों में तुम्हारी कविता है, देव!"

"इन बातों में?"

"हां, इनमें भी, जीती-जागती, हंसती-खेलती कविता। कविता केवल तुम्हारे वेदनापूर्ण गीत ही तो नहीं होती।" डाक्टर रविशंकर हंसने लगे। देव भी हंस दिया।

"मन करता है, तुम मुझे ऐसी ही कविताएं रोज़ सुनाया करो, और मेरे जीवन के शेष दिन इन्हें सुनते बीत जाएं।"

"पिताजी!"

"तुम्हारा 'पिताजी' कहना मुझे बहुत अच्छा लगता है। मैं कितना भाग्यवान हूं, मेरे पास कुमारी और देव जैसे दो बच्चे हैं। देव! ..."

"जी!"

"कुमारी तुम्हें देखे बिना जी नहीं सकती।"

"पिताजी!" देव के स्वर में घबराहट थी।

"हां देव! मैं उसे क्या कह सकता हूं, मैं भी तुम्हारे बिना नहीं रह सकता!" रविशंकर स्नेह से भरकर हंस पड़े। देव सिर झुकाए बैठा रहा।

"देव, यह विवाह कब तक हो जाना चाहिए?" रविशंकर ने प्रश्न किया। देव इसी बात से डर रहा था, सो होकर ही रही।

"पिताजी!...विवाह? मैं..."

"कुमारी सब तरह से तुम्हारे योग्य है।" पिता ने बड़े मानपूर्वक कहा। देव कुछ न बोल सका, फिर उसने धीरे से कहा, "किन्तु मैं कुमारी के योग्य नहीं हूं।"

"यह हम स्वयं सोच लेंगे।" पिता ने हंसकर कहा। फिर गम्भीर हो गए।

"देव! तुम जानते हो, कुमारी का जीवन मेरे लिए कितना मूल्यवान है!"

"कुमारी का जीवन सभीके लिए मूल्यवान है।"

"तो फिर देव! मेरी यह झोली तुम्हारे सामने फैली हुई है, इनकार न करना।" कुमारी के पिता ने दीन होकर कहा। देव सिर से पांव तक कांप उठा। ऐसे बुज़ुर्ग की झोली उसके सामने थी।

"जैसा आप कहें, पिताजी!" देव ने शीघ्रता से कहा। जो कुछ उसके पास था, उसने उस झोली में डाल दिया। रविशंकर के हृदय को सन्तोष हो गया। देव सिर झुकाकर चला गया।

कुमारी आई। पिता ने उसे उल्लासपूर्वक अपने पास बिठाया।

"कुमारी, तुम्हारी मां जीवित नहीं। सारे काम मुझे ही करने पड़ते हैं। आज भगवान ने यह कृपा भी कर दी कि मुझे लड़का ढूंढ़ने के लिए किसीके द्वार पर नहीं जाना पड़ा, घर बैठे-बिठाए हीरे-जैसा लड़का मिल गया। वास्तव में तुम बड़ी ही भाग्यशालिनी हो।"

"पिताजी!" कुमारी अपने पिता के मुख की ओर देखती रह गई।

"हां, कुमारी! विवाह की तिथि मैं जल्दी ही निश्चित करना चाहता हूं। देव से मैंने कह दिया है।" पिता ने आशापूर्ण दृष्टि से कुमारी की ओर देखा। उसका विचार था कि कुमारी के मुख पर हर्ष की लहर दौड़ जाएगी; वह संकोच करती, लजाती हंस पड़ेगी। किन्तु ऐसा न हुआ।

"देवजी ने क्या कहा है?" कुमारी ने शंकित होकर पूछा।

"कुछ नहीं, उसने कहा, जैसी आपकी इच्छा।" पिता ने कहा। परन्तु कुमारी के मुख पर से शंका के चिह्न दूर नहीं हुए।

"पिताजी, आपने अच्छा नहीं किया।"—कहकर कुमारी ने सिर झुका लिया। पिता के मुख पर आश्चर्य की रेखाएं उभर आईं।

"पिताजी! आप उन्हें समझे नहीं!" कहकर कुमारी वहां से चली गई।

14

यदि देव को कोई इस समय देखता, तो वह उसे अपने कमरे में पलंग पर औंधे मुंह पड़े हुए पाता। यदि कोई उसके तकिये को छूता, तो उसे पता चलता कि वह इतना भीगा था कि निचोड़ा जा सकता था। यदि कोई इस समय उसके पास होता तो वह सुनता—देव कह रहा था : "संसार ने तुम्हें मुझसे छीन लिया। मैं तुम्हारी स्मृति को संभाले फिरता रहा। संसार को यह भी न भाया। अब वह तुम्हारी स्मृति भी मुझसे छीन लेना चाहता है...।"

"नहीं, देवजी! कोई कुछ भी तो नहीं छीनता।" कुमारी ने देव के समीप खड़े होकर कहा। देव चौंककर उठ बैठा।

"आप हैं कुमारीजी!" देव ने कहा, परन्तु अपनी भीगी हुई आंखें कुमारी के सामने न उठा सका।

"देवजी! मुझे क्षमा कर दीजिए।" कुमारी पलंग पर बैठ गई।

"ऐसा न कहिए कुमारी! मैं कभी आपको खुशी नहीं दे सका, अब कोशिश करूंगा।"

"नहीं देवजी! मैं इस योग्य नहीं।"

"कुमारी!"

"हां, देवजी! मैं इस योग्य नहीं कि किसी और के स्थान पर अधिकार जमा सकूं।" कुमारी ने सिर झुका लिया।

"किसी और के स्थान का तो प्रश्न ही नहीं, कुमारी! वह तो अपने स्थान का प्रश्न उठाने अब कभी आएगी ही नहीं, यह तो केवल अपने मन का भ्रम-मात्र है।"

"नहीं देवजी!" कुमारी आगे और कुछ न कह सकी। देव एक दीर्घ श्वास लेकर चुप हो गया।

"देवजी! आप किसीसे प्रेम करते हैं?"

"हां" देव ने अपना सिर नीचा कर लिया।

"मैं भी यही समझी थी, बहुत दिन हो गए यही समझी थी।"

"कुमारी! आप समझी थीं?"

"हां, तभी तो उस स्थान पर अधिकार जमाने का मैंने कभी विचार नहीं किया।"

"किन्तु आप...आप, कुमारी!..."

"पिताजी ने आपसे गलत कहा है कि कुमारी आपसे विवाह करना चाहती है। मैंने कभी ऐसा नहीं सोचा।"

"किन्तु एक दिन आपने स्वयं कहा था कि फकीरों और राजकुमारियों के पथ एक होने चाहिए।"

"एक पथ से मेरा अभिप्राय विवाह तो नहीं था!" कुमारी हंस पड़ी।

"विवाह एक प्रकार का साहचर्य है, और सहचरों के ही एक पथ होते हैं।"

"किन्तु केवल विवाह ही तो साहचर्य का एकमात्र रूप नहीं।"

"तो फिर?"

"गुरुदेव! क्या अपनी शिष्या की परीक्षा ले रहे हैं?"

"कुमारी!"

"अब तक आप केवल देव थे, अब से गुरुदेव हैं।" कुमारी हंस दी। फिर बोली, "प्रेम प्रियतम की खुशी में है। छीन लेने में, अनुचित अधिकार जमा लेने में वास्तविक विजय नहीं है। पंछी पिंजड़े में पड़े हुए कभी मुक्त कण्ठ से नहीं गाते। गाना ही जीवन है, उड़ना ही जीवन है।"

"कुमारी!"

"आप रूप हैं, आप सुगन्ध हैं, आप पकड़कर रखने वाली वस्तु नहीं।"

"कुमारी!"

"जी, हां।"

"आज की कुमारी अन्य दिनों की कुमारी से भिन्न है।"

"पहले कुमारी देव की सहचरी थी, आज कुमारी गुरुदेव की शिष्या है।" कुमारी का मुखमंडल गंभीर हो गया, उसपर एक प्रकार की चमक आ गई। देव ने सिर झुका लिया।

"देवजी! वह तो बहुत ही प्रेम के योग्य होगी जोकि आपको प्रिय है!" कुमारी के मुख पर प्रसन्नता स्पष्ट दीख रही थी।

"कुमारी! आपको उससे प्रेम भी है?"

"अपने प्रियजन को जो प्रिय हो, वह सदा ही प्रिय लगता है, मैंने तो आपसे यही सीखा है।"

"और क्या सीखा है?" देव हंस पड़ा।

"और यह सीखा है कि सच्चे प्रेम की प्राप्ति कभी दुःखदायी नहीं होती। शंका, आंसू, लुकना, छिपना, यह सब...प्रेम को इनकी क्या आवश्यकता? ये सब कामनाएं हैं, लालसाएं हैं। आपकी कुमारी इन बातों से ऊपर है।" कुमारी के रोग का अन्त हो गया था, उसकी निर्बलता दूर हो गई थी, आज उसके मुख पर स्वास्थ्य का आलोक था।

"कुमारी! आज आप और दिनों की अपेक्षा अधिक सुन्दर दीख रही हैं।"

"वह कुमारी बावली थी, रोगिनी थी, जो विरह की छाया से भी डरती थी, जो अपने प्रियतम को कसकर थामे रखना चाहती थी कि कहीं वह भाग न जाए। जो मेरे हृदय में बस चुका है उसे मुझसे कौन छीन सकता है! वह मेरी वास्तविक प्राप्ति है।" आज कुमारी कहीं दूर, ऊपर मंडलों में विचर रही थी, जहां न रोग है, न शोक है, न ईर्ष्या है, न लालसा है।

अत्यन्त सुन्दर दीख पड़ रही कुमारी को देव भक्ति-भावना से देखता रहा।

"देवजी! आपने एक दिन अपनी एक कविता सुनाई थी, जिसका आशय यह था कि प्रेम की बेल सींचने के लिए मुझे आंसुओं की आवश्यकता नहीं है। देवजी! क्या आप यह भी समझते हैं कि केवल आप ही किसीसे अतिशय प्रेम कर सकते हैं? क्या और कोई..."

"नहीं, कुमारीजी! आप बहुत ऊंची हैं!" देव की आंखों में श्रद्धा झलक आई।

"आज आप मुझे 'तुम' के स्थान पर 'आप' क्यों कह रहे हैं?" कुमारी ने हंसकर कहा।

"ऐसे ही, कुमारी! न जाने क्यों, आदर से झुका जा रहा हूं।" देव मुस्करा दिया।

"आज मैं आपको कैसी लग रही हूं?"

"बहुत भली, बहुत सुन्दर, बहुत ऊंची।"

"बस, इससे अधिक मैं कुछ नहीं चाहती। आपको कुछ अच्छी लगती रहूं, मेरे लिए यही बहुत है।"

"नहीं, कुमारीजी! जहां तक अच्छे लगने का सम्बन्ध है, आप मुझे बहुत अच्छी लगती हैं। किन्तु...किन्तु मैं जानता हूं, मैं किसीकी धरोहर हूं। यह भी जानता हूं कि यह धरोहर लौटा भी न सकूंगा। फिर भी उसके नाम पर इसे

संभालकर रखना तो है ही। न वह इसका उपभोग करेगी, न मैं, न ही और कोई।"

"मैं चकित हूं कि आपने पिताजी से 'हां' कैसे कर दी! आपको ऐसा नहीं करना चाहिए था।"

"कुमारीजी! वह मेरे प्रेम की दुर्बलता नहीं, वरन् मेरे स्वभाव की दुर्बलता थी। मैं इतने वयोवृद्ध और ऐसे स्नेही पुरुष का मन दुखाने का साहस कभी नहीं कर सकता।"

"देवजी! मैं जानती हूं, यह 'हां' आपका कितना महान बलिदान था।"

"नहीं, बलिदान नहीं। मुझे ऐसा लगता है कि मेरा अपना मानो कुछ है ही नहीं।"

"कहिए, कहिए, आज मुझसे सब कह डालिए।"

"प्रकाश में, अंधकार में, कोलाहल में, निस्तब्धता में, हर समय, हर स्थान पर, दो आंखें मेरी ओर देखती रहती हैं। मैं जो कुछ करता हूं, मेरा प्रत्येक कर्म, उन आंखों के सामने होता है।"

"कैसी सुन्दर कल्पना है!"—कहते हुए कुमारी की आंखों में आंसू छलक आए। कुछ क्षण बीत गए। वार्तालाप उन्हें एक-दूसरे के उतना निकट न ला सका था, जितना कि निस्तब्धता ला रही थी।

"मैं उन दो सुन्दर आंखों को आपकी आंखों में देख रही हूं।" कुमारी ने देव की ओर ठीक ऐसे देखा, मानो बारह वर्ष की तपस्या के बाद किसीको अपने प्रभु की एक झलक प्राप्त हुई हो!

"कुमारी! आप मुझे पहचानती हैं, समझती हैं। यदि आप स्वीकार करें, यदि आप अपने पिताजी का मन रखना चाहें, तो मैं आपके साथ विवाह कर सकता हूं। केवल इतनी आज्ञा मुझे दे दीजिएगा कि मैं उन आंखों का चित्र इसी प्रकार देखता रहूं। यह मुझसे न छीनिएगा।"

"नहीं देवजी! मैं आपसे ऐसा कुछ नहीं मांगती, जो आप किसी और को दे चुके हैं।"

"हां, उसके अतिरिक्त आप जो कुछ चाहें ले सकती हैं।" देव ने बहुत संभलकर कहा।

"मैंने जो लिया है, जो ले सकती हं, उसे कोई रोक नहीं सकता, आप भी नहीं रोक सकते, विवाह का बन्धन उसके लिए आवश्यक नहीं।" कुमारी ने हंसकर कहा।

"नहीं कुमारी! मैं आपके पिताजी से 'हां' कर चुका हूं।"

"परन्तु मैं तो उससे भी उत्तम वस्तु प्राप्त कर चुकी हूं। मेरे मन को पूर्ण शान्ति है।"

"अच्छा, अब तो आप फिर बीमार नहीं पड़ेंगी न? मेरी ओर देखिए। मैं हंसता हूं, खेलता हूं, खाता-पीता हूं, जीवन भली भांति व्यतीत कर रहा हूं। किसीसे प्रेम भी करता हूं। कभी-कभी विरह की पीड़ा की टीस अधिक अनुभव होने लगती है, उसे भी शान्तिपूर्वक सहन करता हूं। अन्तस्तल की गहराइयों में हलचल हो उठती है। किन्तु जीवन-धारा की गम्भीरता उसे प्रत्यक्ष नहीं होने देती। हरियाली की तह के नीचे धरती की अमिट तृष्णा निहित रहती है... ।"

"आप रुक क्यों गए, कहिए, आगे कहिए न। आपकी शिष्या इसी प्रकार जीवन बिताएगी। आपके अनुमान से कम न निकलेगी।"

"दुःखी प्रेम तो मधुर नहीं होता राज!" देव ने आज कुमारी को पहली बार राज कहकर पुकारा। राजकुमारी पुलकित हो उठी।

"कुमारी! कल रात मैं लिख रहा था—हे अनन्त, मेरी मंज़िल कभी पूरी न हो, इस अपूर्णता में ही जीवन है। पवन की गति के समान मैं चलता रहूं, उसे ढूंढ़ता रहूं।"

"देवजी, उनका नाम क्या था?" कुमारी ने ऐसे सरल स्वभाव से पूछा कि देव हंस पड़ा।

"ममता!" देव ने कहा।

"देवजी! भगवान ने क्यों उन्हें आपसे छीन लिया?"

"भगवान ने नहीं छीना, कुमारी! संसार ने उसे मुझसे छीन लिया है।"

"संसार इतना भयानक है?" कुमारी का मुख विषादपूर्ण हो गया।

"वह कहां हैं?" कुमारी ने तनिक ठहरकर पूछा।

"मैंने कभी जानने की चेष्टा नहीं की।" देव ने कहा।

कुमारी आगे और कुछ न पूछ सकी, क्योंकि देव के मुख पर असह्य पीड़ा की झलक आ गई थी।

"कुमारी! पहले भी कहीं आपकी सगाई की बात चली थी?"

"हां, आपसे भेंट होने से पहले की बात है।"

"हां, मुझसे एक बार पिताजी ने भी कहा था। फिर वहां बात पक्की क्यों नहीं हुई?"

"क्योंकि जीवन आपके साथ पूर्णता प्राप्त करता जान पड़ता था।" कुमारी

ने निस्संकोच कहा। आज देव और कुमारी उस उच्च मानसिक शिखर पर थे, जहां साधारण लज्जा कोई मूल्य नहीं रखती।

"परन्तु वह पूर्णता तो अब अपूर्ण ही रह गई है।" देव हंसने लगा।

"किन्तु मुझे ऐसा नहीं लगता, देवजी! मुझे लगता है, मुझे पूर्णतया शान्ति प्राप्त हो गई है।" कुमारी भी हंस पड़ी।

"यह तो सबसे अच्छा है। अपनी शान्ति में से एक मुट्टी अपने पिताजी को भी दे दीजिए।"

"वह किस तरह?"

"पिताजी को अपने विवाह के लिए अनुमति दे दीजिए।"

"मुझे सचमुच विवाह की कोई आवश्यकता नहीं जान पड़ी।" राजकुमारी ने गम्भीरतापूर्वक कहा।

"नहीं राजकुमारी! इस पूर्णता का विवाह की आवश्यकता से कोई सम्बन्ध नहीं। वह आवश्यकता तो अपने स्थान पर बनी ही रहेगी। मुझे विश्वास है, आप विवाह करके पूर्णतया अपने पति को वफा दे सकती हैं, उसे प्रेम भी कर सकती है। क्योंकि ये दोनों वस्तुएं आपके और मेरे साझे में नहीं।"

"देवजी! क्या इस साझे में प्रेम नहीं है?" कुमारी ने चकित होकर पूछा।

"नहीं, इस साझे में पति वाला प्रेम नहीं। भली भांति सोचकर बताइए, क्या आप पति के रूप में मेरी कल्पना कर सकती हैं?"

"नहीं, किन्तु शायद इससे भी महान किसी रूप में।"

"फिर विवाह से इनकार किसलिए?"

"आपने भी तो अपने अधूरे प्रेम के बाद विवाह नहीं किया।"

"मेरी बात और है, कुमारी!"

"वह कैसे?" कुमारी ने बड़े भोलेपन से पूछा।

देव ने सोचा, कुमारी की जिज्ञासा की पूर्ति उसके अपने रहस्य को गुप्त रखने से अधिक आवश्यक है।

"कुमारी, हम मिले। जीवन-भर साथ रहने का हमारा प्रण था। वह मुझे अपना पति मानती थी, मैं उसे अपनी पत्नी समझता था। हमारा सम्बन्ध ऐसा था जैसाकि सहज स्वभाव दो आत्माओं के मिलन से उत्पन्न होता है। हमें बिछुड़ना पड़ा। उसकी निशानी अभी तक मेरे पास है।"

"उसकी निशानी?"

"हां, उसकी याद!" देव ने सिर नीचा कर लिया।

"अपने जीवन को मैं आपकी मरज़ी के आगे कुछ नहीं समझती।" कुमारी ने दृढ़ विश्वास के साथ कहा।

"वह लड़का कैसा था जिसे पिताजी ने आपके लिए देखा था?" देव ने पूछा।

"बहुत अच्छा था। मैं उस लड़के को जानती हूं। बहुत दूर का वह हमारा सम्बन्धी भी है। अच्छा लड़का है, केवल अन्तर यह है कि आप जैसा अच्छा तो कोई भी नहीं हो सकता।" कुमारी के हृदय में यह बात कहते समय शायद कुछ पीड़ा रही हो, किन्तु उसके चेहरे से उसका आभास नहीं होता था, वह पूर्ण रूप से शांत थी।

"आप वहां विवाह कर लीजिए।" देव ने निर्णयात्मक ढंग से कहा।

"यदि आपकी इच्छा है तो कर लूंगी।" कुमारी ने सिर झुका लिया।

"हां, यही ठीक है कुमारी!"

"पर किसीके मन का क्या पता! कहीं उन्होंने मुझे आपसे न मिलने दिया! मैं और कुछ नहीं चाहती, परन्तु आपसे मिलने पर किसी प्रकार का भी प्रतिबन्ध मेरे लिए असह्य होगा।" कुमारी ने ठहरकर कहा।

"कुमारीजी! अपने ऊपर भरोसा रखिए। जहां गुनाह की भावना नहीं है, वहां कोई भी रोक टिक नहीं सकती।" देव ने दृढ़ता से कहा।

"परन्तु कई बार रोक-टोक, सन्देह, शंका अकारण ही गुनाह की भावना उत्पन्न कर देते हैं।"

"इन बातों का दृढ़चरित्र व्यक्तियों पर कोई प्रभाव नहीं पड़ता। साधारण लोगों पर ही इनका प्रभाव पड़ सकता है।" देव ने कहा।

कुमारी सुनती रही। फिर कुछ देर तक दोनों चुप बैठे रहे। कुमारी का सिर झुका रहा। उसके शरीर में एक प्रकार की शिथिलता-सीआ गई थी, जैसे कोई सुन्दर मूर्ति निश्चल पड़ी हो। देव ने आगे बढ़कर कुमारी के हाथ अपने हाथों में ले लिए और उन्हें होंठों से लगा लिया।

"दुर्बलता छोडिए, कुमारीजी!" देव ने बड़े प्रेम और दृढ़ता से कहा।

15

मसूरी से लौटने पर राजकुमारी के विवाह की तयारियां होने लगीं। उस लड़के का नाम सोमनाथ था। राजकुमारी ने कह दिया था कि सोमनाथ उसे बहुत पसन्द है।

विवाह का दिन आ गया। राजकुमारी ने वरी का जोड़ा पहना। सिर से पांव

तक रेशम और ज़री की लाल और सुनहरी झलक ने कुमारी को मानो एक नया रूप दे दिया। कुमारी ने अपने कमरे के किवाड़ बन्द कर लिए और क्षण-भर के लिए एकांत पाकर पूरे कद के शीशे के सामने खड़ी हो गई। पास ही मेज़ पर सोमनाथ का चित्र रखा हुआ था। राजकुमारी को ऐसा लगा, मानो सोमनाथ एक देवता है, शायद गुजरात के सोमनाथ मन्दिर का देवता, और राजकुमारी उसकी दासी है, देवदासी। नर्तकी का रूप और नर्तकी का हृदय राजकुमारी को अपने में ही विराजता जान पड़ा।

आज नर्तकी अपने देवता के मन्दिर में प्रवेश कर रही थी, जीवनभर के लिए। कला ही उसका जीवन था, रूप ही उसका जीवन था। आज उसे अपने देवता के चरणों में रूप-कला को अर्पण करना था। देवदासी, जो अब सोमनाथ के मन्दिर के बाहर कभी न निकलेगी।

कुमारी के हृदय में एक विचित्र-सी जलन थी, पर वह तो नर्तकी थी, मान और प्रतिष्ठा की देवी। राजकुमारी झुकी, सोमनाथ के चित्र के सम्मुख झुकी, एक बुत के सम्मुख झुकी। धक-धक करते हुए हृदय में सारी जलन को समेटते हुए राजकुमारी ने, अपने सोमनाथ की देवदासी ने, अपना तन, अपना मन अर्पण कर दिया।

विवाह के मन्त्र पढ़े जा चुके थे। राजकुमारी का सिर झुका हुआ था। उसके मुख पर न मुस्कान थी, न आंसू थे।

विदा का समय आ पहुंचा। राजकुमारी के पिता ने उसे प्यार किया। राजकुमारी ने स्नेह को स्वीकार किया। वह न रोई, न हंसी।

कमरे में कुमारी थी, सोमनाथ था, कुमारी के पिता थे, देव था और कुछ निकट सम्बन्धी थे। विदा का समय था। राजकुमारी देव के पास आई, दोनों हाथ जोड़े। नयन झुके हुए, सिर भी तनिक झुका हुआ। कुमारी बोली नहीं, किन्तु कुमारी के रोम-रोम से आवाज़ आई, "विदा देव! जो आज्ञा, देव!"

और यह आवाज़ देव के रोम-रोम में बस गई।

16

राजकुमारी चली गई। दिन पर दिन बीतते गए। राजकुमारी और देव के बीच संकोच की एक दीवार-सी खड़ी हो गई। न कुमारी ने उसे कभी अपने यहां बुलाया और न देव ने ही उसके यहां जाकर उसकी कुशलक्षेम पूछी।

कुमारी और सोमनाथ के घर का वातावरण बहुत शांत था। दैनिक आवश्यकता की प्रत्येक वस्तु वहां उपलब्ध थी। कुमारी शांत थी, स्थिर थी।

सोमनाथ प्रसन्न था।

इन्हीं दिनों की बात है, कुमारी को अचानक अपने शरीर में मां बनने के लक्षण दिखाई दिए।

राजकुमारी अलसाई-सी रहती। परन्तु इस आलस्य से एक लाभ अवश्य हुआ, और वह यह कि राजकुमारी और देव के बीच संकोच की जो दीवार-सी खड़ी हो गई थी और जो कुमारी को एक बहुत बड़ी बात मालूम होती थी, अब केवल एक छोटी-सी बात जान पड़ने लगी।

सोमनाथ का जन्मदिन था। राजकुमारी ने बड़े समारोह का आयोजन किया। उस दिन शाम की चाय पर उसने बहुत-से मित्रों तथा परिचितों को आमन्त्रित किया, जिनमें देव भी था।

देव आया, और मित्र भी आए। देव ने ध्यानपूर्वक देखा राजकुमारी उदास नहीं थी। देव ने शांति का एक श्वास लिया।

वही साधारण बातें, जो प्रायः चाय के समय होती हैं, होती रहीं। सोमनाथ सबका आदर-सत्कार करता रहा। सोमनाथ ने देव को पहले कभी बहुत निकट से नहीं देखा था। आज उससे बातें करके देखीं, उसके पास बैठकर देखा। चाय समाप्त हुई, अतिथि चले गए, किन्तु उसने देव को न जाने दिया। उसे देव बहुत अच्छा लगा।

बातों में संध्या भी बीत गई। रात्रि की घनी परछाइयां धरती पर उतर आईं। आज राजकुमारी में पूर्ण आत्मविश्वास था, वह बहुत स्वस्थ और निखरी हुई दीख रही थी।

"आज की रात आप यहीं रह जाइए।" राजकुमारी ने हंसकर कहा। सोमनाथ ने उससे भी अधिक ज़ोर देकर कहा। देव रुक गया।

न घर वालों ही की आंखों में नींद थी और न ही अतिथि को सोने की जल्दी थी। तीनों जने बैठे बातें करते रहे। न जाने कितने पहर रात बीत चुकी थी, जब वे लोग सोए।

सवेरे को चाय की बहुत-सी चीज़ें राजकुमारी ने स्वयं रसोई में जाकर बनाई थीं। नौकर समझे, अतिथि का विशेष सत्कार किया जा रहा है।

एक बार मसूरी की कोठी में राजकुमारी ने देव को मटर के समोसे बनाकर खिलाए थे और उसके बाद कई बार देव ने कुमारी से वैसे ही समोसे बनवाकर खाए थे। आज राजकुमारी ने वैसे ही समोसे फिर बनाए। बनाते समय उसे मसूरी की याद आ गई। गरम घी के हलके छींटे कुमारी के हाथ पर आ पड़े, कुमारी ने

चौंककर आंचल से हाथ पोंछ डाला। विशेष निशान तो नहीं पड़ा, किन्तु हलकी-सी जलन उस हाथ में होती रही।

देव ने चाय के साथ मटर वाले समोसे देखे तो उसके शरीर में एक सिहरन-सी हो उठी। किन्तु अपने शरीर और मन पर देव को असाधारण अधिकार प्राप्त था। उसकी वास्तविक दशा किसीपर प्रकट न हो सकी। देव ने सबसे पहले समोसे को उठाया और हंसकर पूछा, "कुमारीजी! ये समोसे आपने बनाए हैं?" जबकि वह भली भांति जानता था कि ये समोसे कुमारी ने ही बनाए थे।

राजकुमारी हंस दी। उसने देव की ओर देखा। किन्तु उसकी दृष्टि में, उसकी हंसी में, उपालम्भ का हलका-सा पुट था, 'क्या अब कुमारी को देवजी के लिए समोसे बनाने का भी अधिकार नहीं?'

चाय समाप्त हो चुकी थी। सोमनाथ को भी अपने काम पर जाना था, देव को भी। दोनों जाने के लिए तैयार हो गए। राजकुमारी ने कहा कि शाम को वह फिल्म देखने जाना चाहती थी, यदि देव अपने काम से जल्दी छुट्टी पाकर उधर ही आ जाए तो बहुत अच्छा हो।

देव को कुछ झिझक-सी आई, किन्तु राजकुमारी के कथन की दृढ़ता तथा सोमनाथ की मुस्कान ने उसे इस झिझक का विशेष तीव्रता से अनुभव न होने दिया। फिर यह ऐसी बात भी न थी जिससे इन्कार कर दिया जाए।

शाम को देव आ गया। तीनों ने फिल्म देखी। फिल्म के बाद देव से किसीने नहीं पूछा कि उसे किसी और जगह जाना था या नहीं। सोमनाथ ने चुपचाप कार अपने घर की ओर मोड़ ली। और उस रात भी देव को अपने ही घर रखा।

अगले दिन रविवार था। न सोमनाथ को कहीं जाना था, न देव को। इसलिए देव के जाने का प्रश्न उठने ही नहीं पाया।

सोमवार को सवेरे जब सोमनाथ और देव अपने काम पर जाने लगे तो राजकुमारी ने हंसकर पूछा कि क्या आज शाम देव अपने घर जाएंगे या इधर ही आएंगे?

सब हंसने लगे। राजकुमारी ने देव से वचन ले लिया कि वह उनके घर चौथे-पांचवें दिन अवश्य आया करेगा।

17

राजकुमारी के यहां कन्या का जन्म हुआ। राजकुमारी पलंग पर लेटी हुई थी। डाक्टरों और नर्सों को गए अभी कुछ ही देर हुई होगी कि देव कमरे में आया।

राजकुमारी के पास ही नन्ही बालिका लेटी हई थी। सोमनाथ राजकुमारी के सिरहाने की ओर बेंत की कुर्सी पर बैठा हुआ था। देव ने बालिका के सुन्दर मुखड़े की ओर देखकर कहा, "बहुत प्यारी बच्ची है!"

कुमारी के दुर्बल मुख पर मुस्कराहट आ गई, "अच्छा फिर इसका एक प्यारा-सा नाम रख दीजिए।"

"प्यारी मधु," देव के मुंह से अनायास ही निकल गया। उस दिन से राजकुमारी की पुत्री को सब 'मधु' पुकारने लगे।

अब देव आता, मधु को खेलाता, और मधु भी उन्हीं हाथों में खेलती जिनसे अब वह भली भांति परिचित हो गई थी। अब उन तीनों के बीच परस्पर वार्तालाप का एक विषय थी—मधु। या यों कह लीजिए कि मधु एक खेल थी जिसके गिर्द बैठकर तीनों खिलाड़ी खेला करते थे।

पहले देव अकेला ही आया करता था, परन्तु अब कई बार वह अपने साथ अपने मित्र के पुत्र मनू को भी ले आता था। मनू मधु से काफी बड़ा था, खेल में दोनों बच्चों का साथ भी नहीं था, फिर मनू भी मधु को छोटे-छोटे झुनझुने, रबड़ की गेंद तथा और कितने ही खिलौनों से खेलाया करता था। मनू के कोई छोटी बहिन या भाई नहीं था। घर पर उसका मन नहीं लगता था। जब कभी देव उसके घर पर कुमारी के घर जाने की बात करता तो मनू भी उसके साथ चलने को तैयार हो जाता।

इस प्रकार कुमारी, सरला तथा देव इन तीनों के घरों में परस्पर घनिष्ठता बढ़ती गई। मनू अब स्कूल जाने लगा था। स्कूल के छोटे-छोटे पाठ प्रतिदिन अपने देव चाचा को सुनाया करता था। देव उसका चाचा था, उसका मास्टर था, उसका मित्र था। वह देव के साथ खेलकर अत्यन्त प्रसन्न होता था।

मनू अपने देव चाचा के साथ आता। कुमारी उसे देखती। मनू अपने देव चाचा का दुलारा था, कुमारी को भी प्रिय लगता। कुमारी के हृदय की गहराइयों में एक हलचल-सी उठी, एक अति सूक्ष्म विचार उठता—यदि मनू और मधु बड़े होकर एक-दूसरे के समीप रहें तो कदाचित् इनमें जीवन का कोई अटूट सम्बन्ध हो जाए।

18

रंजू एक वर्ष की हुई। रंजू दो वर्ष की हुई। घुटनों के बल चलने लगी, दौड़ने लगी। रंजू स्कूल गई। रंजू कालिज में आ गई।

कुछ वर्ष पहले जगदीश ने दूसरा विवाह कर लिया था। जगदीश की मां

अपने धनवान पुत्र के उदास जीवन को देखकर रोया करती थी। उन्होंने एक लड़की ठीक की थी। जगदीश ने भी मां से कह दिया था कि वे जो उचित समझें, करें। मां ने विवाह रच दिया था; जगदीश ने विवाह करवा लिया था।

कुछ वर्ष और बीत गए। जगदीश के घर में न कोई पुत्र उत्पन्न हुआ, न और पुत्री ही। जगदीश की दूसरी पत्नी अपने भतीजे को गोद लेना चाहती थी, पर जगदीश नहीं माना। इस कारण वह अनमनी-सी रहने लगी थी और प्रायः अपने मायके ही रहती।

जगदीश को घोड़े की सवारी का शौक अपने पिता से प्राप्त हुआ था, इस बार जब जगदीश, उसकी पुत्री रंजू और जगदीश की दूसरी पत्नी शिमला गए, तो वहां जगदीश ने घोड़े की सवारी आरम्भ कर दी।

एक दिन जगदीश की पत्नी को ठंड लग गई थी, वह सैर करने नहीं गई। रंजू उसके पास थी। जगदीश घर बैठे-बैठे शाम न बिता सका। एक घोड़ा किराये पर लेकर सैर करने चला गया। मशोबरे को जाने वाली सड़क पर उसने घोड़े को खूब दौड़ाया। नीचे की सड़क पर एक बस जा रही थी। पहाड़ी के गोल मोड़ पर से जाते हुए बस ने हार्न बजाया। पहाड़ी के एकान्त में हार्न की आवाज़ कदाचित् बहुत ज़ोर से गूंज उठी। घोड़ा बिदककर उछला। सड़क के एक ओर खड्ड थी, घोड़े का पांव उस ओर जा पड़ा और घोड़ा सवार को लिए हुए नीचे ढलवान में जा गिरा।

पास से जाती हुई बस को इस दुर्घटना का पता चला तो वह रुक गई। यात्री बस से उतर आए। उन्होंने कुछ पहाड़ी लोगों को इकट्ठा किया। लोग खड़े हुए मृत्यु की इस भयानक घटना को देखते रहे। कुछ पहाड़ी खड्ड के ढाल की बल खाती हुई पगडंडियों पर से नीचे उतरे, जहां घोड़ा और सवार दोनों दुर्भाग्य का शिकार बने पड़े थे। घोड़े में तनिक भी जान न थी। सवार की टांगें किसी पत्थर से टकरा गई थीं। वे लहूलुहान हो रही थीं। सवार का सिर घोड़े के पेट पर टिका हुआ था, उसपर कहीं चोट नहीं आई थी। पहाड़ियों ने सवार को उठाकर अपनी पीठ पर लादा और एक-दूसरे का सहारा लेते हुए उसे ऊपर ले आए। लोगों ने हस्पताल पहुंचा दिया, और हस्पताल वालों ने उसकी जेब के कागज़ों से उसका पता जानकर उसके घर खबर पहुंचा दी।

जगदीश की स्त्री रोई। रंजू रोई।

जगदीश का इलाज होता रहा। उसकी जान बच गई, किन्तु उसकी दोनों टांगें बेकार हो गई। उसके लिए एक विशेष हाथगाड़ी बनवाई गई।

सब लोग पहाड़ से अपने घर लाहौर लौट आए।

जगदीश का जीवन कुछ विचित्र-सा बन गया। वह अपने कारिन्दों को बुलाकर काम-काज समझाता और व्यापार को किसी प्रकार चलाता रहा। परन्तु जीवन के बड़े कार्यों से वह सदा के लिए वंचित हो गया था। जगदीश के जीवन की उदासी और बढ़ गई थी। जगदीश की पत्नी ने उसे बहुत समझाया कि जीवन का क्या भरोसा है, लड़की अपने घर चली जाएगी, लड़का कोई है नहीं, सम्पत्ति साझेदारों के हाथ लग जाएगी। उसने बहुत समझाया कि उसके भतीजे को गोद ले लिया जाए। उसे पूर्ण विश्वास था कि यह चोट खाकर जगदीश अवश्य बदल गया होगा। साथ ही उसने अपनी बात के समर्थन में यह भी कहा कि बुढ़ापे में आप जैसे पराधीन की कौन सेवा करेगा? बुढ़ापे में तो वैसे ही मनुष्य दूसरे के अधीन हो जाता है, फिर टांगों का न होना तो...

किन्तु जगदीश के विचारों में कोई परिवर्तन न हुआ। उसकी पत्नी की इच्छा अपूर्ण रह गई। वह और भी उदास रहने लगी। "बेटी से कंवार कोठरी चिनवा लेना, फिर बाप-बेटी सदा इकट्ठे रहना। तुम्हें अपने और रंजू के सिवा तीसरा आदमी सुहाता ही नहीं। यह तो मैं ही बुरी हूं जो बार-बार तुम लोगों के बीच में आ घुसती हूं।" इस प्रकार रुष्ट होकर जगदीश की पत्नी अपने पिता के घर चली गई।

रंजू कालिज का समय बड़ी कठिनाई से काटती। बाकी समय में वह कभी भी अपने पिता से अलग न रहती। वह कालिज भी छोड़ देना चाहती थी, परन्तु जगदीश ने उसे ऐसा न करने दिया। रंजू के हर समय समीप रहने से जगदीश की दिनचर्या में रोचकता आ गई थी। रंजू अखबार पढ़ती, जगदीश सुनता। रंजू गाती, जगदीश सुनता। जगदीश गाड़ी में बैठा रहता, रंजू अपने हाथों से उस गाड़ी को बगीचे में घुमाती रहती, किसी नौकर को हाथ न लगाने देती। बाग से फूल तोड़ती, पिता की कमीज़ में टांक देती। नई क्यारियां बनाती, नये फूल लगाती। प्रतिदिन बाप-बेटी फूलों के पास जा बैठते, नये खिलते हुए फूलों की गिनती करते, नई कलियों को परखते। नये पुष्पों की व्याख्या होती, एक कहता, दूसरा सुनता।

रंजू जानती थी जिस मां ने उसे जन्म दिया है, वह अभी भी जीवित है। वह यह भी जानती थी कि उसके पिताजी उसकी मां के सम्बन्ध में कोई भी बात कहने या सुनने से प्रसन्न नहीं होते। रंजू ने उस मुहरबन्द कहानी को कभी नहीं छेड़ा। उसके पिताजी उसे अच्छे लगते थे। उनके उत्तम विचार, उनका कोमल हृदय और उनकी प्रखर बुद्धि में उसे कोई भी ऐसा दोष दिखाई नहीं देता था जिससे वह

उन्हें अपनी मां के प्रति अनुचित व्यवहार करने वाला समझती। वह चुप रहती। फिर अब तो उसके पिता अपने शरीर तथा जीवन के मुख्य अंगों से वंचित थे। वे दुःखी थे। रंजू ने अपना सारा प्रेम और समय हृदय से अपने पिता के अर्पण कर दिया था। उसने प्रण किया था कि अपने जीवन की अंतिम सांस तक वह अपने पिता को किसी प्रकार का अभाव अनुभव न होने देगी। वह विवाह भी तभी करेगी जब उसका भावी पति उसके पिता का पुत्र की भांति प्रिय बन सकेगा, अन्यथा वह अविवाहित रहेगी।

आज जब पिता-पुत्री फूलवारी में बैठे तो रंजू ने कुछ नव-विकसित फूलों के सम्बन्ध में अपनी जानकारी जतलाने के लिए अपने पिता को एक नई खरीदी हुई पुस्तक दिखाई। जगदीश ने उस पुस्तक को देखा परन्तु इस प्रसंग को बढ़ने न दिया।

"रंजू! क्या कभी तुम्हारा मन अपनी मां के सम्बन्ध में जानने को नहीं करता?" जगदीश ने धीरे से कहा। बड़े ही सहज स्वभाव से यह प्रश्न किया गया था। रंजू अवाक् रह गई। उसने अपने-आपको इस प्रश्न के लिए कभी तैयार ही नहीं किया था, बल्कि वह तो सोचती थी कि यदि कभी आवश्यकता पड़ भी गई तो प्रश्नकर्ता वह स्वयं होगी और उत्तर देने वाले उसके पिता होंगे। परन्तु आज तो बात ही उलटी हो गई।

"क्यों रंजू?" जगदीश ने कहा। अब यह आवश्यक हो गया कि रंजू कुछ कहे, वह चुप नहीं रह सकती थी।

"आज आप कैसी बातें कर रहे हैं?" रंजू को और कुछ सूझा ही नहीं।

"नहीं रंजू! बताओ न।" जगदीश ने स्नेहपूर्वक कहा।

"मैं तो आप ही को जानती हूं पिताजी! आप इतने अच्छे हैं कि मेरा और कुछ जानने को मन ही नहीं करता।" रंजू ने प्यार से अपने पिता के गले में बांहें डालकर कहा।

"रंजू! मैं अच्छा हूं, तुम अच्छी हो, परन्तु तुम्हें जन्म देने वाली भी कोई अच्छी ही स्त्री रही होगी, तुमने यह कभी नहीं सोचा?..." जगदीश ने ठहरकर कहा। रंजू कैसे कह सकती थी कि उसने कभी कुछ नहीं सोचा। उसने तो अपना सोचना भी बहुत हद तक अपने पिता की प्रसन्नता पर न्योछावर कर दिया था।

"आप मेरी किताब तो देखिए। जानते हैं, कहां से खरीदकर लाई हूं? ये बातें फिर कभी कीजिएगा।" रंजू ने कहा। एक फल तोड़कर उसने अपने पिता के सामने कर दिया। जगदीश ने वह फूल ले लिया, उसे चूमा और अपने मन में

सोचा कि रंजू, उसकी समझदार रंजू, अपनी मां के सम्बन्ध में अवश्य सोचती होगी, तभी उत्तर देने में आनाकानी कर रही है।

"रंजू! तुम्हारी मां बहुत अच्छी है। मुझे दुःख है कि वह तुम्हारे जीवन में प्रवेश न कर सकी। इतनी अच्छी मां का अभाव तुम्हारे जीवन में रह ही गया।" जगदीश ने धैर्यपूर्वक कहा।

"मेरे जीवन में कोई अभाव नहीं है, आपने इसे सब प्रकार से पूर्ण बना रखा है।" रंजू ने स्नेहपूर्वक कहा, "किन्तु वह......." रंजू ज़रा रुक गई, फिर साहस करके उसने पूछ ही लिया, "वे क्यों मेरे जीवन में प्रवेश न कर सकी?"

जगदीश कुछ उत्तर न दे सका। एक आह भरकर रह गया। रंजू के लिए समस्या और भी जटिल हो गई। पिता भी अच्छा, मां भी अच्छी, तो फिर बुरा कौन? दुर्भाग्य था, कैसा कुटिल विधाता था, जो इन्हें एक-दूसरे के समीप न ला सका!

"रंजू! आज मन कह रहा है कि अनहोनी को होनी में परिवर्तित कर दूं।" जगदीश ने संभलकर कहा।

"क्या, पिताजी?" रंजू की समझ में कुछ न आया था।

जगदीश चुप रहा। रंजू उत्तर की प्रतीक्षा करती रही। जगदीश सोचने लगा—उसने कहा था, मेरी ममता ने कहा था, 'हमारे पथ अलग-अलग हो गए, एक को दूसरे की आवश्यकता न रही।' वह अब इस पथ पर न आएगी। आदेश अथवा विनती कोई भी उसे लौटाकर नहीं ला सकते। और जगदीश सोचता रहा, मुझे आदेश देने का अथवा विनती करने का अधिकार ही क्या है? अठारह वर्ष हो गए, जीवन का एक पहाड़-सा लम्बा समय बीत गया, जवानी भी चली गई, शरीर भी धोखा दे गया, अब मैं एक अपाहिज की भांति, किसी असहाय की भांति शरीर का आधा धड़ लिए बैठा हूं, अठारह वर्ष तक मैंने उसकी सुधि नहीं ली, कौन जाने उसने यह समय हंसकर काटा है या रोकर।

वह भली भांति जानता था कि हंस वह सकती नहीं थी, रोना उसके स्वभाव में न था, किन्तु उसने तो कभी उसकी सुधि न ली थी।

वह जानता था, ममता स्कल में है, नौकरी कर रही है, बस और कुछ नहीं करती। उसने माता-पिता का आश्रय नहीं लिया, पति की सहायता स्वीकार नहीं की, अपने प्रेमी से वह फिर मिली नहीं, ऐसी स्त्री कोई बिरली, बिरलों में भी बिरली ही हो सकती है।

जगदीश ने सोचा, ममता का सारा जीवन तो यों ही बीत गया, किन्तु उसने

विवाह कर लिया। यह भाग्य का एक खेल था कि उसके और कोई सन्तान न हुई। शायद इस दूसरे विवाह में उसका हृदय साथी नहीं था, इसलिए भाग्य ने उसकी सहायता की, या फिर वैसे ही...

"वह दोषी नहीं है।" जगदीश ने रंजू की ओर देखकर कहा।

फिर जगदीश ने अपने मन में सोचा, ममता ने किसीसे प्रेम किया। वह प्रेम पल्लवित न हो सका। उसने मुझसे विवाह कर लिया। विवाह भी उसकी इच्छा से न हुआ, कर दिया गया...और मैं!...मैंने ममता से प्रेम किया, जानकर या अनजाने ही, किन्तु प्रेम के बदले में प्रेम न मिला। मैंने दूसरा विवाह कर लिया। मैंने जान-बूझकर दूसरा विवाह किया। नई पत्नी से प्रेम नहीं था, फिर भी विवाह कर लिया। मैं तो उससे भी अधिक दोषी हूं। वह मुझसे अधिक दोषी नहीं।

"हां, रंजू! मैं कह रहा था कि आज मन कर रहा है कि एक अनहोनी बात को होनी में परिणत कर दूं!" जगदीश ने फिर कहा।

"क्या पिताजी?" रंजू ने फिर पूछा।

"रंजू! यदि तुम्हारी मां तुम्हें मिल जाए तो तुम्हें कैसा लगे?" जगदीश ने रंजू को अपनी भजाओं में भर लिया।

"पर मैं आपसे अलग नहीं हो सकती।"

"पगली! मैंने कब कहा कि तुम्हें मुझसे अलग होना पड़ेगा।"

"पर..."

"तुम क्या यह समझती हो कि ऐसा होना सम्भव नहीं?" जगदीश ने उदास होकर पूछा।

"मैं क्या जानूं पिताजी!" रंजू कुछ न समझ पा रही थी।

"पता नहीं, रंजू! मुझे ऐसा लगता है कि उसे देखे बिना तो शायद मैं जीवित रह सकता था, किन्तु उसे बिना देखे मैं मर नहीं सकूंगा।" जगदीश का गला भर आया।

रंजू कुछ न कह सकी।

"जब मैं घोड़े से गिरा था, उस समय शायद इसीलिए मैं मर नहीं सका।...... तुम्हारी नई माता का कोई दोष नहीं। मैं उसके निकट न हो सका, वह भी मुझे कभी न समझ सकी, और फिर...जिन आंखों में तुम्हारी मां जैसी स्त्री एक बार समा जाए वह पुरुष कितने ही विवाह क्यों न कर ले, उसकी आंखों में और कोई स्त्री नहीं बस सकती।" जगदीश ने आज इतना कुछ रंजू के सामने कह दिया। फिर निढाल होकर उसने कुर्सी का सहारा ले लिया।

रंजू पिता के सिर पर धीरे-धीरे प्यार से हाथ फेरती रही। आज जगदीश भूखा था, प्यार का भूखा। उसकी बच्ची की उंगलियां स्नेहपूर्वक उसे स्पर्श कर रही थीं। पर आज केवल इतना उसके लिए पर्याप्त न था। आज वह चाहता था, ममता आ जाए, एक बार आ जाए, और उसके पराधीन शरीर को सहारा दे दे। ममता, जो सहारा ले नहीं सकती थी दे अवश्य सकती थी।

रंजू ने पिता को हिलाना चाहा, उसे लगा कहीं विचारों में वे जम ही न जाएं।

"वे कहां हैं पिताजी?" रंजू ने अपने पिता के माथे पर उंगलियां फेरते हुए कहा।

"...एक स्कूल में। मुझे उसका पता हमेशा मालूम रहा है, किन्तु मैं उसके पास कभी नहीं गया।" जगदीश ने रंजू को बताया।

"आप जो कहें मैं करने को तैयार हूं।" रंजू ने बहुत सोचने के बाद कहा।

"एक पत्र लिखकर देखूं?.. शायद..."

"यदि आप कहें तो मैं किसी आदमी को भेज दूं?"

"नहीं, उसे लाने के लिए किसी आदमी को भेजना उसका अपमान करना है।" जगदीश ने कहा।

"आप तो जा नहीं सकते, आप कहें तो मैं जा सकती हूं।" रंजू ने कहा।

"नहीं, रंज, तुम्हें बीच में डालकर मैं उसे नहीं पाना चाहता, केवल अपनी ही आवश्यकता उसे जतलाना चाहता हूं।"

रंजू कागज़ और कलम ले आई। जगदीश ने जाने क्या लिखा, रंजू ने जानने की चेष्टा भी नहीं की। पत्र डाक में डाल दिया गया। जगदीश का मन अधीर था। उसका दिल धड़कता रहता। उसके दिन और उसकी रातें उसी धड़कन से परिपूर्ण थीं।

तीसरे दिन संध्या समय जगदीश अपने बगीचे में कुर्सी पर बैठा हुआ था। रंजू पिता के लिए चाय लाने गई हुई थी। बड़े फाटक में से कोई भीतर आया—एक स्त्री की आकृति। जगदीश की सांस तेज़ी से चलने लगी।

जगदीश के कंधों पर मानो पंख लग गए हों, धरती उसके पांवों तले से खिसकती जा रही हो, मानो जगदीश अपने-आपको आकाश के शून्य में उड़ता हुआ अनुभव कर रहा हो। आकाश का शून्य आकर्षक था, आश्चर्यजनक था,... परन्तु पांवों को धरती का सहारा नहीं मिल रहा था। पंखों का कोई भरोसा न था, क्या पता उड़ा सकें या गिरा दें।

शांत, निर्मल, स्वच्छ, सरल—सैंतीस-अड़तीस वर्ष की आयु में भी अत्यन्त

सुन्दर दीख पड़ने वाली ममता, धीर मन्थर गति से चली आ रही थी। अन्तर कम होता गया, वह जगदीश के बगीचे की ओर आ गई।

जगदीश के टांगें थी ही नहीं, वह उठ ही नहीं सकता था, वह सोच रहा था कि उससे किस प्रकार मिले।

ममता ने आकर सब झिझक दूर कर दी। चुपचाप जगदीश की पीठ के पीछे खड़े होकर उसने जगदीश के कंधों पर अपने हाथ रख दिए।

जगदीश की आंखों से पानी ढुलककर उसकी कमीज़ पर आ गिरा। जगदीश ने सोचा, अच्छा हुआ ममता मेरे सम्मुख न आई।

"आप आ गईं?" जगदीश ने संभलकर कहा।

"मुझे 'आप' क्यों कहते हैं; पहले तो आप 'तुम' कहा करते थे।" ममता ने अत्यन्त गम्भीरतापूर्वक कहा।

"मुझे विश्वास नहीं होता ममता!" जगदीश ने कहा।

"क्या आपको मेरे आने की आशा नहीं थी? आप बुलाएं और मैं न आऊं?" ममता ने धीरे से कहा।

"इतना समय बीत गया......." जगदीश का वाक्य अधूरा ही रह गया।

"आपने कभी सूचना ही नहीं दी कि आपको मेरी आवश्यकता है। आज आपने कहा है तो मैं आ गई हूं।" ममता ने कहा।

"ममता! तुम कहोगी, जब शरीर के सब अंग पूरे थे, जब भरपूर जवानी थी, मैंने दूसरा विवाह कर लिया। और आज, जब शरीर दूसरों पर आश्रित हो गया है, यौवन का सूर्य ढल चुका है, मुझे तुम्हारी आवश्यकता पड़ी है।" जगदीश अपने-आपको दोषी ठहरा रहा था।

"मुझे उलाहना देने का कोई अधिकार नहीं।" ममता ने शांतिपूर्वक कहा।

"ममता! साबुत शरीर में भी मेरा मन साबुत नहीं था।" जगदीश ने ठहरकर कहा।

"मैं जानती हूं।" ममता ने धीरे से कहा।

कुछ क्षणों तक दोनों मौन रहे।

"मैं डरता था, कि कहीं तुम यहां आने में अपनी मान-हानि समझो।" जगदीश ने ठहरकर कहा।

"मेरा मान ऐसा कच्चा नहीं जो इन बातों से टूट सके। वह उस समय तक साबुत है, जब तक कि मैं उसे ऐसा समझती हूं।" ममता ने कहा।

जगदीश ने गहरी सांस ली।

"मेरे जीवन का कोई भरोसा नहीं। मैं सोचता हूं, मैंने भूल की। मुझे तुम्हारी आवश्यकता थी या नहीं, हां, रंजू को तुम्हारी आवश्यकता ज़रूर थी। मैंने मां को बेटी से अलग कर दिया, ऐसी अच्छी मां को अलग कर दिया।" जगदीश ने कहा।

ममता के मन में उसकी पुत्री का चित्र उतर आया। आंखें उसे देखने को व्याकुल हो उठीं। परन्तु ममता कुछ न बोली।

"मेरे बाद रंजू का इस संसार में कोई नहीं। मेरे लिए न सही, उस लड़की के लिए उसकी मां को लौटा दो।" दो दिन पहले तक जगदीश सोचता था कि ममता को लौटा लाने के लिए मैं रंजू की आड़ न लूंगा, केवल अपनी ही आवश्यकता प्रकट करूंगा। आज वह इतना गर्वहीन हो गया था, कि वह किसी भी मोल पर ममता को लौटा लेना चाहता था।

"मेरे पास जो कुछ आपके लिए है, वह मैं आपको दे सकती हूं, जो कुछ मेरे पास उस लड़की के लिए है, मैं उसे दे सकती हूं। मैंने अपने जीवन में से जो कुछ भी पहले दिन आपको दिया था, वह कभी भी आपसे नहीं छीना।" यह कहकर ममता हंस पड़ी। उसने जगदीश के कंधे को अपनी हथेलियों से और कसकर भींचा।

जगदीश ने ममता का हाथ खींचकर अपने होंठों से लगा लिया। उसका जी चाहा कि वह ममता को अपने रोम-रोम में बसा ले।

रंजू चाय लेकर आ रही थी। उस ओर दोनों की पीठ थी। रंजू ने मां की पीठ को देखा। चाय की ट्रे वह हाथ में पकड़े रह गई। उसके सारे शरीर में एक सनसनी-सी दौड़ गई, आंखों में आंसू उमड़ आए। रंजू संभली, आगे बढ़कर चाय की ट्रे को मेज़ पर रख दिया, और निश्चल खड़ी ममता से चिपट गई।

"मां........" रंजू ने अपना मुंह ममता की बांह में छिपा लिया। ममता ने भी जी भरकर रंजू को गले लगाया। बेटी की बरसों की भूख को ममता समझती थी। उसके संयम के बांध भी रुके न रह सके। उसने रंजू को अपने शरीर से कसकर लगाए रखा।

बेटी को मां मिली, मां को बेटी। जगदीश और ममता के हृदय में एक-दूसरे के लिए आदर था।

जगदीश कहता, उसकी टांगें जाती रहीं; किन्तु उसका जीवन पलट गया, उसने ममता को पा लिया। वैसे शायद वह आजीवन ममता को बुलाने का कोई

बहाना न ढूंढ़ सकता।

जगदीश की दूसरी स्त्री ने धमकी लिख भेजी—वह कचहरी जाएगी, खर्च मांगेगी, जायदाद में भी उसे हिस्सा मिलना चाहिए। जगदीश हंस पड़ा। उसने मकान, कोठियां, बाग, कुएं, और न जाने क्या-क्या सम्पत्ति लालसा से भी बहुत अधिक उसके नाम कर दी।

जगदीश गाड़ी में बैठता, जगदीश पलंग पर लेटता, ममता प्रतिपल उसके पास रहती। जगदीश अपने में एक बालक का सा हलकापन अनुभव करता। ममता के हाथों नहाता-धोता खाता-पीता, उठता-बैठता। यह पराधीनता उसे अच्छी लगती। ममता ने उसके रोग को उसका जीवन बना दिया।

रंजू कालिज से आती। उसकी मां, उसके पिता, बगीचे की फुलवारी के बीच कभी ताश खेलते, कभी पुस्तकें पढ़ते दीख पड़ते। रंजू गद्गद हो जाती, जाकर उनसे लिपट जाती, उन्हें अपनी बांहों में कस लेती।

जगदीश तब अनुभव करता, कैसे एक बच्चे का जीवन पिता के बिना भी अधूरा रहता है, और मां के बिना भी पूर्ण नहीं होता।

19

घटनाएं घटती रहीं और पृथ्वी सूर्य के गिर्द घूमती रही। कितनी ही बहारें आईं और चली गईं।

डाक्टर देवराज के अस्पताल में रोगी आते, ठीक होते, चले जाते, और अपनी चारपाइयां और अपने वार्ड औरों के लिए खाली कर जाते।

जगदीशचन्द्र का यौवन समाप्त हो गया, ममता का यौवन भी बीत गया, उनकी बेटी रंजू ने युवावस्था में पदार्पण किया।

कृष्णलाल की जवानी बीत गई, सरला की जवानी बीत गई, उनका पुत्र मनू युवावस्था को प्राप्त हुआ।

राजकुमारी का यौवनकाल समाप्त हो गया, उसके पति का यौवन भी बीत गया, उनकी बेटी मधु यौवन-सम्पन्ना हुई।

बीते हुए यौवन ने अपना स्थान नवयौवन के लिए खाली कर दिया।

सूर्य के आकर्षण से खिंची हुई पृथ्वी ने उसके कई चक्कर और कर लिए। मधु कालिज में पढ़ने लगी थी। मनू डाक्टरी की परीक्षा दे रहा था। डाक्टर देव के प्रति राजकुमारी की श्रद्धा उसी प्रकार अडोल थी। मनू डाक्टर देव का प्रिय था,

इसलिए वह राजकुमारी का भी प्रिय था। वैसे भी डाक्टर देव के बहुत-से गुण मनू के स्वभाव में प्रकट हो रहे थे। ऐसा लगता था, मानो मनू डाक्टर देव के गुणों को अपना रहा हो। राजकुमारी को वह बहुत भला लगता था।

एक दिन की बात है। मधु कालिज से लौटी। लगभग एक घंटे के बाद उसे अपनी एक सहेली के घर चाय पर जाना था। पुस्तकें रखकर वह जाने की तैयारी में लग गई। मुंह धोया, अपने कमरे में बड़े शीशे के सामने खड़े होकर अपने बाल संवारे। उसके बाल घने होने के अतिरिक्त कुछ घुंघराले भी थे। बालों के उभार के नीचे उसका गोल मुख अत्यन्त आकर्षक प्रतीत होता था। उसकी त्वचा के रंग में गुलाबी रेशम की सी झलक थी।

मधु की माता ने उसे दूर से देखा। मधु राजकुमारी से भी कहीं अधिक सुन्दर थी। वैसे भी तो स्त्री के जीवन की ढलती सांझ अपनी सन्तान के चढ़ते हुए सवेरे में ही आश्रय पाती है।

शीशे के सामने खड़े-खड़े मधु पास पड़ी हुई मेज़ की ओर देखने लगी। शायद मधु की सुन्दरता ने शीशे में पलटकर मधु के ऊपर कुछ ऐसा प्रभाव डाला कि वह उस मेज़ की ओर देखती ही रही। मेज़ पर दो-तीन छोटे-छोटे चित्र रखे हुए थे जिनमें से एक चित्र मनू का था। मनू यौवन की एक सुडौल मूर्ति था। मधु देखती रही, देखती रही। वह कदाचित् अपने मन में अपनी और मन की सुन्दरता की तुलना कर रही थी।

राजकुमारी दूर से देख रही थी। फिर मधु अपनी अलमारी में से कपड़े निकालकर आज के लिए चुनने लगी, शायद कुछ निश्चय न कर सकी। उसने अपनी मां को पुकारा।

राजकुमारी ने जाकर मधु के लिए साड़ी निकाल दी। साड़ी के किनारों पर सुनहरी ज़री की पतली-सी धारी थी। मधु ने अपने लिए वह जूती निकाली, जिसपर हलका सुनहरा काम किया हुआ था। मधु साड़ी पहनने लगी। उसकी मां की आंखों में प्रशंसा उभर रही थी।

साड़ी पहनते समय मधु की दृष्टि फिर मनू के चित्र पर जा टिकी। जब मधु तैयार हो गई तो उसने अनायास ही अपनी बांहें अपनी मां के गले में डाल दी। अपने सौन्दर्य के अनुभव को कदाचित् वह अकेली सहन न कर सकी। उसने मां की गोद का आश्रय लिया, जिसने उसके इस अस्तित्व को जन्म दिया था। मां ने उसे अपनी बांहों में लपेट लिया।

"मधु! अब तो किसी चोर को बुलाना पड़ेगा।" मां ने मधु की सुन्दरता के अनुभव को किसी प्रकार व्यक्त करना चाहा।

"मां! चोर को?" मधु मां के मुख की ओर ताकने लगी।

"हां! जो आकर मेरी पूंजी को चुरा ले जाए।" मां हंसने लगी और अपनी पूंजी को फिर अपने से चिपटा लिया।

मां के गहरे आन्तरिक प्रेम से सराबोर मधु ने चाहा कि वह मां से कुछ पूछे और उसे कुछ बताए। किन्तु वह यह निश्चय न कर सकी कि बात कैसे चलाई जाए।

"अम्मी! आपने पापाजी को कैसे चुना था?" मधु ने अपनी मां से पूछा।

राजकुमारी ऐसे सीधे प्रश्न के लिए तैयार नहीं थी। एकाएक वह कुछ न कह सकी, फिर उसने अपने-आपको संभाला। उत्तर देना आवश्यक था, क्योंकि सयानी लड़की के प्रश्न को टाला भी नहीं जा सकता था।

"मेरी बात और थी, मधु! प्रत्येक पीढ़ी अपने से पहली पीढ़ियों से भिन्न ढंग अपनाती है। समय था जब स्वयंवर रचाए जाते थे। वह भी समय आया जब मां-बाप बेटी का सिर-मुंह लपेटकर उसे किसी अपरिचित व्यक्ति के घर भेजने लगे। समय-समय की बात है। पर मेरी मधु को तो अपनी इच्छानुसार चलने का पूरा अधिकार प्राप्त है।" राजकुमारी ने कहा। तभी उसके मानस-पट पर अतीत का कोई चित्र उभरने लगा।

मधु का पिता सोमनाथ एक अच्छा मनुष्य था, एक अच्छा पति था। राजकुमारी ने अपनी इच्छा से उसे पति चुना था। अपना प्रेम तथा भक्ति उसे अर्पण की थी। जीवन-भर उसकी एक अच्छी पत्नी बनकर रही। किन्तु इस समय राजकुमारी के मानस-पट पर उभरे चित्र पर एक बहुत धुंधली और कठिनाई से दीख पड़ने वाली झलक पड़ी थी—वह झलक डाक्टर देव की थी।

राजकुमारी ने कभी भी अपने हृदय में डाक्टर देव को पति का स्थान नहीं दिया था। राजकुमारी ने अपने शरीर को झटकाया। डाक्टर देव का धुंधला-सा चित्र राजकुमारी की आंखों के सामने से हट गया। अनजाने ही एक आह उसके मुंह से निकल गई। डाक्टर देव सदा की भांति एक चमकते हुए तारे की तरह राजकुमारी की आंखों के सामने आकर स्थिर हो गया। राजकुमारी की दृष्टि में डाक्टर देव का आसन सदा ही बहुत ऊंचा था। राजकुमारी ने देव के सत्कार में आनन्दपूर्वक अपना सिर झुका दिया।

जब राजकुमारी सचेत हुई तब उसने देखा कि मधु की दृष्टि पुनः मेज़ पर

रखे हुए मनू के चित्र पर टिकी हुई थी। ऐसी समझदार मां को इससे अधिक और कुछ बतलाने की आवश्यकता न थी। ऐसी मां बेटी के हृदय की प्रत्येक धड़कन को भी समझ सकती है।

"मनू अच्छा लड़का है न?" मां ने हंसकर कह ही दिया।

"मैं क्या जानूं?" मधु में शताब्दियों की वह लज्जा प्रकट हुई जो युवावस्था में प्रेम की प्रथम जागृति के साथ उन्नत होती है। मधु ने अपना मुंह मां के कन्धों पर धर दिया।

20

सन् 1947—भारतवर्ष के इतिहास में सदा स्मरण रहने वाला वर्ष। हिन्दू-मुस्लिम फिसादों की आग चारों ओर फैल चुकी थी। किसी शहर के हाथ झुलस गए थे, किसी शहर के पांव जल गए थे।

आग की लपटें और ऊंची उठीं। गांवों, शहरों के झुलसे हुए मुंह पहचान में न आते थे। मनुष्य का लहू बहता रहा, धरती पर लाशों की तहें जम गईं। फर्शों के मुंह भीग गए, फर्शों के सिर रक्तरंजित हो गए।

इसी वर्ष भारत-भूमि दो टुकड़ों में बांटी गई। पुरानी साझेदारियां टूट गईं। बंटवारे की दीवारों पर पहरे बिठा दिए गए ताकि कोई दूसरे के भाग में आई भूमि पर पांव न रख सके। फौजों ने बन्दूक तान लीं।

कभी किसी ओर से कम, कभी किसी ओर से अधिक, आपस में ज़्यादती होती रही। नवयुवकों के खून में प्रतिकार की भावना सुलग उठी। प्रतिकार की इस भावना को देश-सेवा समझा गया।

उन्हीं दिनों की बात है। सरला खिड़की में बैठी हुई थी। उसका चेहरा उतरा हुआ था। थोड़ी-थोड़ी देर के बाद वह बाहर देख लेती थी। घर में दो-एक नौकरों के अतिरिक्त और कोई नहीं था। सरला का मुख और कुम्हलाता जा रहा था। इतने में ही उसने खिड़की में से देखा कि देव आ रहा है। कुम्हलाए मुख पर मानो जल के छींटे पड़ गए।

"भाभी, इस समय कैसे बुलाया? कुशल तो है?"

"कितनी देर हुई जब बुलाने के लिए आदमी भेजा था, अब आए हैं।"

"भाभी, एक ऐसा रोगी था जिसे छोड़कर नहीं आ सकता था, केस बिगड़ जाने का डर था। वह पुराना ब्लड-प्रैशर का रोगी था, आज अचानक..."

"अच्छा, इस केस को छोड़िए। मेरी बात सुनिए।"

"भाभी! आपके मुंह पर इतनी घबराहट! कृष्ण कहां है?"

"टेलीफोन करने गए हैं। हां, मेरी बात सुनिए। क्या मनू को आजकल अस्पताल में बहुत काम रहता है?"

"मनू...क्यों? क्या बात है? अस्पताल प्रतिदिन जाता तो है, पर मैं उसे वहां बहुत समय लगाने नहीं देता। मैं जानता हूं, अभी उसे परीक्षा की तैयारी करनी है। अस्पताल में प्राप्त किया हुआ ज्ञान तैयारी में सहायता अवश्य देगा, फिर भी मैं..."

"वह तो बस रात को कर्फ्यू लगने के समय तक ही कहीं घर पहुंचता है।"

"अस्पताल से तो वह बहुत जल्दी लौट आता है, फिर मुझे नहीं मालूम क्या करता है। परन्तु, भाभी, आपने पहले तो कभी इस सम्बन्ध में कुछ नहीं कहा।"

"मैं क्या कहती?...मैंने कभी इतने ध्यान से विचार ही नहीं किया था। मैं समझती थी, कहीं पढ़ता रहता होगा या अस्पताल में काम करता रहता होगा, पर आज..." सरला रुक गई।

"कहां है मनू?"

"घर पर तो है नहीं। कह गया था कि आज रात किसी मित्र के घर रहूंगा, मेरी प्रतीक्षा न करना। उसके जाने के बाद मैं उसका कमरा ठीक करने लगी। मैंने नया मेज़पोश बनाया था, उसकी मेज़ पर बिछा दिया। चीज़ें इधर-उधर रख रही थी कि यह कागज़ उसकी एक पुस्तक में से गिर पड़ा। उठाकर देखने लगी कि काम का है या नहीं। बड़ा विचित्र-सा कुछ लिखा हुआ जान पड़ा। आप तो जानते ही हैं, मैं थोड़ी-बहुत अंग्रेज़ी पढ़ लेती हूं। यह देखिए न।" सरला ने एक कागज़ देव की ओर बढ़ा दिया।

देव ने देखा, कागज़ पर लिखा हुआ था :

लाल कूचा—टुडे—ओ० के०

"लाल कूचा तो निरा मुसलमानों का मोहल्ला है, मेरा कलेजा धक्-धक् कर रहा है। फिर समय कितना बुरा है, आदमी को आदमी नहीं सुहाता। कैसी आग लगी हुई है। शायद मनू उस मोहल्ले में किसी मित्र के घर चला गया है। क्या पता, वह किसी मुसलमान मित्र के घर चला गया हो। वह अपनी बात से टलने वाला भी तो नहीं। आजकल मित्रता की आड़ में आपस के वैर निकाले जा रहे हैं।..." सरला रुआंसी हो गई।

“ठहरिए, भाभी! मुझे सोचने दीजिए। कृष्ण कहां फोन करने गया है?”

“वे तो रमेश को टेलीफोन करने गए हैं। पर मैं कहती हूं, मनू वहां नहीं गया। पता नहीं मनू...।” सरला का स्वर अवरुद्ध हो गया, आंसुओं से उसका गला भर आया था। “जवान होकर लड़के-लड़कियां अपने मां-बाप से यह बदला लेते हैं, अपने मन की करते हैं, न किसीसे कुछ कहना, न किसीसे कुछ सुनना। यह मेरी पार्टी है। यह मेरे मित्र हैं। भला ऐसे बलवों के दिनों में कोई घर से निकलता है! कभी अंधेरे पड़े घर आ घुसे, कभी-कभी आधी रात को सिनेमा देखने चले गए, कभी कर्फ्यू लगने के बाद भी मनू बाब साहब का कुछ पता नहीं होता, मां-बाप की जान चाहे हर समय सूली पर ही लटकी रहे।”

“अच्छा, भाभी! मनू का पता लगाने जाता हूं।” देव ने वह कागज़ जेब में रख लिया।

“देवजी! आप कहां जा रहे हैं? थोड़ी देर में कर्फ्यू लग जाएगा, फिर आप कैसे लौटेंगे?”

“देखा जाएगा।”

“पर आप जाएंगे कहां? मुझे तो पता ही नहीं वह किधर गया है।” सरला ने देव को रोकना चाहा। देव रुकना नहीं चाहता था। सरला के मन में शंका हुई। उसने देव का कोट पकड़ लिया।

“आपको मेरी सौगन्ध, लाल कूचे मत जाइएगा। यह समय उधर जाने का नहीं है।” सरला ने कहा।

“भाभी!” देव ने विनयपूर्वक कहा। सरला ने कोट छोड़ दिया। देव चला गया।

21

अंधेरा पग-पग पर छा गया। आजकल संध्या-समय शहर में वैसे भी सुनसान पड़ जाता था। कर्फ्यू का समय भी होने वाला था। बचे-खुचे लोग बसों में चढ़ने की तैयारी कर रहे थे। गाड़ी चलाते-चलाते डाक्टर देव ने कोट की जेब में हाथ डालकर ‘कर्फ्यू-पास’ देखा। पास जेब में ही था। डाक्टर देव मोटर चलाता रहा।

अगले चौक पर सिपाही का हाथ दूसरी ओर था। डाक्टर देव को मोटर रोकनी पड़ी। पास ही रुकी हुई एक और मोटर में से आवाज़ आई : “हलो! हलो! डाक्टर देव!”

देव ने देखा, बराबर वाली मोटर में एक उसका पुराना रोगी था, उसका कोई मित्र न था। पर इस रोगी से उसका अच्छा परिचय था।

"कहिए, क्या बात है?"

"इस समय किधर?"

"इधर ज़रा एक रोगी को देखना है।"

"इधर किधर? लाल कूचे में?—डाक्टर साहब! आज उस ओर न जाइए, ईश्वर का नाम लेकर कहता हूं!" उस व्यक्ति ने तनिक घबराए हुए स्वर में कहा। डाक्टर देव मुस्करा दिया।

"नहीं, डाक्टर साहब, मैं सच कह रहा हूं, आज उधर खतरा है।" वह इतना ही कह पाया था कि सिपाही ने हाथ दे दिया। दोनों मोटरें अपने-अपने रास्ते पर चली गईं।

लाल कूचे के मोहल्ले के सिरे पर उन दिनों पहरा रहता था ताकि कोई हिन्दू मोहल्ले में प्रवेश न कर सके। डाक्टर देव ने पहरे वालों को बताया कि वह एक रोगी देखने जा रहा है, जिसे देखना आवश्यक है। डाक्टर देव मोहल्ले के भीतर चला गया। एक मकान के आगे वह रुक गया।

"बशीर अहमद!" डाक्टर ने द्वार खटखटाया। द्वार खुल गया।

"आप हैं, डाक्टर साहब!" बशीर अहमद चकित हो गया।

"हां"—और डाक्टर देव उसके साथ भीतर चला गया।

"मरीज़ का क्या हाल है?"

"कोई खास बात तो नहीं। धीरे-धीरे ठीक हो रहा है। अभी चारपाई से उठ नहीं सकता।" बशीर अहमद ने अपने पुत्र के सम्बन्ध में कहा।

"आप शायद आश्चर्य कर रहे होंगे कि आपने आज मुझे बुलाया तो नहीं था, फिर मैं क्यों आ गया। मैं यहां पास ही एक केस देखने आया था। शायद आपरेशन करना पड़े। सामान तैयार नहीं था। दो घंटे की देर थी। मैं लौटकर घर जा नहीं सकता था। मैंने कहा, चलो अपने मरीज़ की खबर ही ले आओ।" डाक्टर देव कुर्सी पर बैठ गया।

"बहुत शुक्रिया!" बशीर अहमद ने हंसकर कहा। उसकी हंसी कुछ खोखली-सी प्रतीत होती थी।

डाक्टर देव सब समझता था, फिर भी वह बैठा रहा, मरीज़ का हाल-चाल पूछता रहा।

इतने में चार बहुत तगड़े मुसलमान बशीर अहमद के घर आए।

"डाक्टर साहब! आज बात क्या है? अचानक यह मेहरबानियां क्यों?" एक ने कहा।

"मेहरबानी नहीं, यहां तो एक मेरा मरीज़ है।" डाक्टर ने शान्तिपूर्वक कहा।

"मरीज़ या शिकार?" उन चार जवानों में से एक ने हंसकर कहा। उसकी हंसी में कितना रोष मिला हुआ था, डाक्टर से छिपा नहीं था।

"डाक्टर कभी शिकार नहीं करते।"

"पर इस समय आप डाक्टर नहीं, और यह मरीज़ नहीं। आप हिन्दू हैं, यह मुसलमान।"

"डाक्टर सदा डाक्टर है, मरीज़ हिन्दू हो, चाहे मुसलमान।"

"ये बहत पुराने समय की बातें हैं, डाक्टर साहब! हमें आपपर शक है।"

"शक का कारण?"

"क्योंकि हिन्दू सदा हिन्दू है, मुसलमान सदा मुसलमान।"

"यही बात है तो फिर मैं कह सकता हूं कि इन्सान सदा इन्सान है।" डाक्टर का मुख चमक रहा था।

"होगा! पर हम आपकी तलाशी लेना चाहते हैं।" चारों एकसाथ बोल उठे।

"मैं क्षमा चाहता हूं, डाक्टर साहब! मैं आपके ऋण से कभी मुक्त नहीं हो सकता, आपने मेरे बच्चे का भयानक रोग दूर किया है। किन्तु समय की हवा इस उपकार से भी प्रबल है।" बशीर अहमद ने इस प्रकार कहा, मानो वह कुछ लज्जित हो।

"मैं तलाशी देने को तैयार हूं। किन्तु यदि मेरे पास से एक भी आपत्तिजनक वस्तु प्राप्त न हुई, उसके बदले में आप मुझे क्या देंगे?"

"हम आपको सही-सलामत इस मोहल्ले के बाहर जाने देंगे। हम खुदा की कसम खाकर कहते हैं।"

डाक्टर देव हंसने लगा। उसने कोट उतारकर रख दिया, केवल कमीज़-पैंट पहने हुए उनके सामने खड़ा हो गया।

"आज अफवाह है कि हमारे मोहल्ले पर हमला किया जाएगा। हमने भी हाथों में चूड़ियां नहीं पहनी हुई हैं।" देव के कोट को टटोलते हुए एक ने कहा।

सारा मोहल्ला तो न जाने कैसा था, किन्तु इस घर के लोग शिष्ट जान पड़ते थे। उनकी बोलचाल का ढंग बहुत गिरा हुआ नहीं था। अपनी पुरानी आदत के

अनुसार डाक्टर देव से अभी तक 'जी' कहकर बात कर रहे थे। दूसरे यह बात भी थी कि डाक्टर देव के पास से कोई आपत्तिजनक वस्तु उन्हें नहीं मिली। बटुए में लगभग पैंतीस रुपये थे, एक ताली, एक 'कर्फ्यू-पास' और एक टैस्ट-ट्यूब। डाक्टर का ओषधियों वाला बक्स उन्होंने अपने कब्ज़े में कर लिया था। भले ही इसमें किसी प्रकार की गैस अथवा कोई विषैली वस्तु हो, अब तो वे निश्चिन्त हो गए थे।

"इस समय आप हमारी मुट्ठी में हैं। आपका जीवन हमारी दया पर निर्भर है।" दो-एक ने हंसकर कहा। डाक्टर भी हंस दिया।

"आप जानते हैं, हमारा प्रण क्या है? हाथ आए हुए हिन्दू को छोड़ देना...।"

"किन्तु आज हम ऐसा नहीं होने देंगे।" वे सब कभी न कभी डाक्टर देव के मरीज़ रह चुके थे।

"यदि आप इस समय जाना चाहें तो जा सकते हैं। गली के मोड़ तक पहुंचा आना हमारा काम है।" बशीर अहमद ने कहा।

"धन्यवाद! किन्तु यदि आपको हमले का भय है तो मैं सोचता हूं, शायद यहीं रहकर आप लोगों की कुछ सहायता कर सकूं।" डाक्टर देव उसी प्रकार बैठा रहा।

"हमारी सहायता? अपनी सहायता के लिए हमारे पास बहुत कुछ है। आप देखना चाहते हैं? आइए।" दो व्यक्ति डाक्टर देव को वहां से उठाकर कहीं और ले जाना चाहते थे, किन्तु डाक्टर देव ने उठने में कोई विशेष उत्साह प्रकट न किया।

उन्होंने कई प्रकार के अस्त्र-शस्त्र गिनकर बताए। गैसें, गोलियां, छुरियां, चाकू और और भी बहुत-से नाम उन्होंने गिनवा दिए। फिर कहा :

"इनके होते हुए, हमें एक निहत्थे मनुष्य की सहायता क्या लाभ पहुंचा सकती है?" एक ने बड़े गर्व से कहा।

"हम आक्रमणकारियों को ऐसे काटकर फेंक देंगे जैसे......वे भी हमारे ही भाई हैं जिन्होंने बार्डर के उस पार ऐसे-ऐसे कारनामे करके दिखाए हैं".....

डाक्टर ने सब सुना, उसके हृदय में एक टीस-सी उठी, किन्तु वह कुछ बोला नहीं। थोड़ी देर के बाद उसने कहा, "आपके पास गैस है, आपके पास बारूद है, छुरे हैं, पिस्तौल हैं। पर ये सब तो घाव लगाने वाले हैं। आपके पास मरहम कहां है?"

"तो क्या डाक्टर, तुम एक हिन्दू होकर मुसलमान के घावों पर मरहम लगा सकोगे!" कहने वाले ने एकाएकी 'आप' के स्थान पर 'तुम' कहना आरम्भ कर दिया। शायद उसने डाक्टर की मरहम लगाने वाली बात को हंसी में उड़ा देने योग्य समझा था।

"डाक्टर का काम सदा कटे पर मरहम लगाना है।" डाक्टर उसी कुर्सी पर उसी प्रकार शान्त बैठा रहा।

"और अपने भाइयों को घाव लगाने से रोकना नहीं?" उनमें से एक ने मुंह पर समझदारी लाने की चेष्टा करते हुए कहा।

"बस चलते वह भी......" डाक्टर ने कहा।

गली में धीरे-धीरे एक भयानक आवाज़ उठी। सबके मुंह पर एकाएकी पीलेपन के बाद रक्त की झलक दीख पड़ने लगी।

"सावधान!" आक्रमणकारियों के भरे पिस्तौलों वाले हाथों के सामने दिल्ली शहर का लोकप्रिय डाक्टर देव शेर की सी गरजती हुई आवाज़ में बोल रहा था।

आक्रमणकारियों में एक के मुंह से आवाज़ निकली, "चाचाजी!"

इतने में किसी मनचले ने अपनी छत पर से एक ईंट आक्रमणकारियों पर फेंकी। ईंट किसीके कंधे पर लगी। आक्रमणकारियों में जोश भड़क उठा।

परन्तु डाक्टर देव उनके सामने एक दीवार की भांति खड़ा था।

"पहले मुझे अपने पांवों तले रौंदे बिना आप किसीपर वार नहीं कर सकते।" डाक्टर देव की इस बात ने पिस्तौलों वाले हाथों को निःशक्त कर दिया।

मोहल्ले के मुसलमानों पर इस बात का न जाने क्या प्रभाव पड़ा कि वे अपने ईंट फेंकने वाले साथी को पकड़कर डाक्टर देव के सामने ले आए।

"आज आप शान्ति के रक्षक हैं, और यह आपका अपराधी है।" मुसलमानों ने आगे बढ़कर अपने साथी की बांह डाक्टर देव के हाथ में थमा दी।

हिन्दूओं और मुसलमानों दोनों के दल डाक्टर देव के दायें-बायें खड़े थे। किन्तु डाक्टर देव की अवज्ञा करने का साहस दोनों में ही नहीं था।

"तुम दोषी हो।" डाक्टर देव ने कहा। दोषी ने सिर झुका लिया।

"तुम्हें इसका दण्ड भुगतना पड़ेगा।" डाक्टर ने कहा। दोषी चुप रहा, परन्तु उसके साथियों ने 'हां' में सिर हिला दिया। आज उन सबकी जान डाक्टर देव ने बचाई थी।

"इस मोहल्ले में जितने हथियार हैं, उन सबको तुम स्वयं ले जाकर कल सवेरे

पुलिस के हवाले कर देना। यदि ऐसा न किया तो पुलिस आकर स्वयं हथियार रखवा लेगी और इसका परिणाम यह होगा कि बहुत-से लोग भी गिरफ्तार किए जाएंगे।"

यह बात सबने मान ली। उन दिनों सरकारी कानून के अनुसार किसी भी प्रकार का हथियार अपने पास रखना जुर्म था, किन्तु रखे हुए हथियारों को स्वतः पुलिस के हवाले कर देने वाले को कोई दण्ड नहीं दिया जाता था।

आक्रमण करने वाले आए भी, लौट भी गए। हाथों में हथियार उठाए भी गए, किन्तु वे हाथों में ही रह गए।

आन की प्रान में अनेकों व्यक्ति मृत्यु के मुंह तक पहुंच गए, किन्तु उन्हें फिर जीवन-दान भी मिल गया।

डाक्टर देव अपनी मोटर में बैठकर चला गया। कर्फ्यू लगा रहा।

22

सवेरा होते ही कर्फ्यू खुलने पर मनू अपने घर आया। उस समय उसके चेहरे का रंग ऐसा था, मानो वह वर्षों का रोगी हो।

उसकी मां घबराई हुई थी, उसे देखकर और भी घबरा गई। कृष्णलाल रात-भर ठीक से नहीं सो सका था, अभी जाकर ज़रा उसकी आंख लगी थी।

मनू आते ही चारपाई पर सीधा लेट गया। उसे अपने सिद्धांत, चिरकाल के अपने मित्र, अपनी पार्टी, सभी कुछ थोथा जान पड़ रहा था। डाक्टर देव का स्नेहपूर्वक मुख इन सबके ऊपर छाया हुआ प्रतीत होता था। 'धर्मरक्षक सम्मेलन' का सदस्य बने उसे बहुत दिन हो गए थे। उसने अपनी पार्टी तथा अपना काम सबसे छिपाए रखा था, देव चाचा से भी, क्योंकि उसकी पार्टी का कुछ ऐसा ही नियम था।

मनू चारपाई से उठा और कुर्सी पर बैठ गया। उसके शरीर का बहुत-सा भाग मेज़ पर झुका हुआ था। उसकी कोहनियां मेज़ पर टिकी हई थीं और उसने अपने चिन्ताओं से भरे हुए सिर को अपने दोनों हाथों में थामा हुआ था।

सरला अपने पुत्र के सुडौल कंधों पर झुक गई। अपने पुत्र के लिए उसके हृदय में प्यार उमड़ आया। उसने मनू से कुछ भी न पूछा कि वह रात-भर कहां रहा था।

"मनू!"

"हां, माताजी!"

"इतना उदास!"

"नहीं अम्मी! थक गया हूं, उदास तो नहीं हूं......." मनू कभी अपनी मां को 'माताजी' कहता था, कभी प्यार में केवल 'अम्मी'।

मनू सीधा होकर बैठ गया, फिर हंसने लगा। किन्तु उसकी मां को बनावटी हंसी से सन्तोष न हुआ।

"मैं ज़रा चाचाजी के यहां हो आऊं। मुझे एक काम है, आकर चाय पीऊंगा।"

"देवजी बेचारे न जाने कहां मारे-मारे फिर रहे होंगे! रात तुम्हें ढूंढ़ने गए थे।" सरला ने उदासीनतापूर्वक कहा।

"मुझे ढूढ़ने?" मनू चौंक उठा। "मैने ही तो उन्हें बुलाकर कहा था......"

"क्या कहा था?" मनू बैठा हुआ था, उठकर खड़ा हो गया।

"तुम्हारी मेज़ पर मुझे एक कागज़ मिला था जिसपर 'लाल कूचा' लिखा हया था। मैं घबरा गई, वह तो मुसलमानों का मोहल्ला है। वे तुम्हें न जाने कहां-कहां ढूंढ रहे होंगे। तुम कल रात...... शायद रमेश के यहां रह गए थे न......" मां ने मनू की ओर प्रश्नसूचक दृष्टि से देखा।

मनू ने मां की ओर नहीं देखा, उसकी पथराई हुई-सी आंखें सामने दीवार पर जमी हुई थीं।

'पहले मुझे अपने पांवों तले रौंदे बिना आप किसीपर वार नहीं कर सकते।'—डाक्टर देव के कल रात के कहे हुए ये शब्द मनू के कानों में गूंज रहे थे। 'डाक्टर देव ने तुम्हें बचाने के लिए अपने-आपको भयानक खतरे में डाला।'—यह आवाज़ मनू के हृदय से उठकर उसके कानों में टकरा रही थी।

"मां!" मनू मां के गले से लिपट गया। "चाचाजी मनुष्य नहीं, देवता हैं।" मनू के मुख से निकला।

23

आज जब मनू डाक्टर देव के कमरे में आया, वह चारपाई पर लेटा हआ था। मनू ने पहले कभी देव को इतने दिन चढ़े तक सोते हए नहीं देखा था। उसे चाचा देव की ओर से चिन्ता हई।

"चाचाजी!"

"आओ मनू!"

"आप इस समय तक...ऐसे..."

"कुछ नहीं, मनू!"

"चाचाजी!"

"जीने का साहस छूटता हुआ जान पड़ रहा है।" देव की आंखों से आंसू ढुलके तो नहीं, किन्तु उनकी आंखें आंसुओं से छलाछल भर आईं।

"चाचाजी!" मनू और कुछ न कह सका।

"आज का अखबार पढ़ा है?"

"जी हां!"

"और उस गाड़ी का समाचार?"

"हां, मनुष्यों से भरी हुई गाड़ी का वध कर दिया गया है।"

"मनुष्य इतना गिर गया है, मैं सोच नहीं सकता.....मज़हब एक जनून है जो इन्सान को पागल बना रहा है, जिसके कारण इंसान राक्षस बन रहा है, पशु बन रहा है..... 'सभ्यता, बीसवीं शती, विज्ञान, इनके शव आज बाज़ारों में बिखरे पड़े हैं। मनुष्यता में से सड़ांद उठ रही है, मानो घृणा की दुर्गन्ध वायु के कण-कण में समा गई हो और प्रत्येक व्यक्ति को उसका विष चढ़ गया हो। मनुष्य का मुख सांप के फन के समान हो गया है, किसीको सांप काट लेता है, कोई सांप के फन को कुचल देता है। दुर्गन्धयुक्त मुंह वाले लोग, फटकार बरसाते हुए मुंह वाले लोग पागल कुत्तों की भांति एक-दूसरे को काट रहे हैं।" डाक्टर देव उठकर बैठ गया।

"हां चाचाजी!" मनू ने दुःखपूर्ण स्वर में कहा।

"स्त्रियों की दशा...!" देव का रोम-रोम कांप उठा।

"धिक्कार है इस बीसवीं शताब्दी पर! इतिहास के पृष्ठ भारत की इस घटना पर मुंह छिपाकर रोएंगे।..........किन्तु कितना ही क्यों न रोएं, यह दाग धोए न जा सकेंगे, दाग जोकि मनुष्य ने मनुष्य के रक्त से समाज की उजली चादर पर लगाए हैं...।" देव की वेदना उसके शब्दों से पूर्णतया व्यक्त नहीं हो रही थी।

"अवतारों द्वारा पालित शताब्दियों की बहू-बेटियों को, माओं-बहनों को मज़हब ने गली-गली फिरवाया, कूचे-कूचे की खाक छनवाई। रो! मनुष्य जी भरकर रो! अपनी करतूतों पर जन्म-भर रो!" देव ने ऐसे कहा, मानो उसका हृदय विदीर्ण हो गया हो।

"चाचाजी! अस्पताल में घायल पर घायल चले आ रहे हैं। सरकार ने अभी सूचना दी है कि आने वाले घायल व्यक्तियों में से आप जितने भी ले सकें, अपने

अस्पताल में ले लें।"

मनू! मैं क्या मुंह लेकर उन ज़ख्मियों के सामने जाऊं! मेरा मुंह भी उसी मनुष्य के मुंह की भांति है, जिसने उनकी छाती में छुरे भोंके, जिसने उनकी टांगों में बन्दूकों की गोलियों से छेद कर दिए, जिसने उनकी आंखें चाकुओं से नोच डालीं। उनके सामने जाऊं! वे क्या कहेंगे? आज मनुष्य हमारे पट्टियां बांधने आया है, इसे लाज नहीं आती? उस समय इसका मरहम कहां था जब रास्ता चलते पीछे से इसने पीठ में छुरा भोंका था? मैं क्या मुंह लेकर उनके सामने जाऊं? घातक का मुंह भी मेरे मुंह जैसा रहा होगा, उसके मुंह पर भी दो आंखें, नाक, कान......"

"काश, चाचाची, संसार के सब व्यक्ति आप जैसे हो सकते।" मनू की आंखों में आंसू भर आए।

"मनू! घृणा के दाग कभी घृणा के पानी से नहीं धोए जा सकते।" डाक्टर देव ने कहा। और अनायास ही एक आह उसके मुंह से निकल गई।

24

सरला अपने कमरे में बैठी मनू का स्वैटर बुन रही थी। कभी-कभी सलाई की नोक को अपने दांतों में दबाकर कुछ मिनटों के लिए खाली बैठ जाती, मानो किसी गहरे सोच में पड़ गई हो। फिर बुनने लगती। एक-आध सलाई और डाल लेती।

जब कृष्ण और डाक्टर देव कमरे में आए उस समय भी सरला बुनने के स्थान पर सलाई को मुंह में दबाए कुछ सोच रही थी। देव आते ही हंस पड़ा।

"मैं बताऊं, भाभी, आप क्या सोच रही हैं?"

"क्या?"

"आप सोच रही हैं कि इस समय घर में न मिठाई है, न फल, अब मैं देव को खिलाऊं तो क्या खिलाऊं।"

"इस समय तो घर में मिठाई भी है और फल भी। कोई और ज्योतिष लगाइए।" सरला हंसने लगी।

"और...और...हां, भाभी! आप इस समय सोच रही हैं कि इन जाड़ों में देव को कैसा स्वैटर बुनकर दूं।" देव हंस पड़ा।

"हां, भई! बहुत भारी सोचने वाली बात है, आधा पौंड ऊन लग जाएगी, दिन-रात का परिश्रम अलग।" सरला हंस दी।

"पर मुझ बेचारे के लिए तो बहुत भारी प्रश्न है जिसे स्वैटर बुन कर देने वाला कोई है ही नहीं।" देव हंसते-हंसते सरला भाभी के पास सोफे पर जाकर बैठ गया। कृष्णलाल भी एक कुर्सी पर बैठ गया।

"देने वाला नहीं देने वाली।" सरला ने कहा।

"सचमुच भाभी! जो मैं बाज़ार में स्वेटर खरीदने जाऊं तो दुकानदार मेरे मुंह की ओर ताकेगा, मन में सोचेगा, घर पर बहू-वहू नहीं होगी तभी स्वैटर खरीदने बाज़ार आया है।" देव ने बड़ी गंभीर मुद्रा बनाकर कहा।

"या यह सोचेगा कि बहू को बाल-बच्चों में समय न मिलता होगा कि मियां को भी कभी एक-आध स्वैटर बुन दे, इसीसे बेचारा मेरी दुकान पर आया है।" सरला ने हंसकर कहा। कृष्ण और देव दोनों ही उसकी बात पर हंस पड़े।

"अच्छा, भाभी! क्या सोच रही थीं?" देव ने पूछा।

"सोच रही थी कि यदि देवजी जीवन-भर विवाह न कराएं तो हर वर्ष बेचारी भाभी को ही स्वैटर बनाकर देना पड़ेगा, कमीज़ के टूटे हुए बटन लगाने पड़ेंगे, पतलून की मोहरियों पर सिलाई करनी पड़ेगी।"

"फिर?"

"फिर क्या निश्चय किया है आपने?"

"सोच रहा हूं कि विवाह करके एक बटन लगाने वाली लाना सस्ता सौदा है या किसी दर्ज़ी से ही यह काम करा लेने में सुभीता है।" देव ने फिर गम्भीर मुद्रा धारण कर ली। कृष्णलाल खिलखिलाकर हंस पड़ा।

"बटन लगाने वाली के बेटा-बेटी भी तो होंगे।" सरला के स्थान पर कृष्णलाल बोल उठा।

"फिर बेटे की कमीज़ के बटन भी टूट जाया करेंगे, उसके लिए एक और बटन लगाने वाली लानी पड़ेगी, यह तो चक्कर में पड़ने की बात हो गई। ना भई, बहुत महंगा सौदा है। बटन लगाने के छोटे-से काम के लिए भाभी ही ठीक है।" देव हंसने लगा।

"जी! और भाभी के बाकी सब झंझटों के लिए यह बेचारा कृष्णलाल!" कृष्णलाल ने अपने हाथ से अपनी ही ओर संकेत करते हुए कहा।

देव हंसता रहा। सरला की हंसी भी रोके नहीं रुकती थी।

"क्या बाकी झंझट गिन कर बताए जा सकते हैं?" सरला ने अपना निचला होंठ दांतों में दबाकर हंसी रोक ली।

"बाकी झंझटों की कहानी को रहने ही दो, कहीं सुनकर देव का मन न ललचाने लगे।" कृष्णलाल ने कहा। तभी मनू कालिज से लौट आया।

"चाचाजी!" मनू बड़े अदब के साथ खड़ा हो गया।

"क्यों रे! पहले आप पैदा हुआ था कि चाचा? आया तो मुझसे कुछ बोला ही नहीं।" कृष्णलाल हंसने लगा।

"घर का जोगी जोगना, आन गांव का सिद्ध।" देव ने उत्तर दिया, और मनू को अपने पास सोफे पर बिठा लिया।

"एक मैं ही फालतू आदमी हूं, जो सोफे पर नहीं समा सकता, अछूतों की भांति अलग कुर्सी डालकर बैठा हूं।" कृष्णलाल ने सामने बैठे हुए कहा।

"गांधीजी के किसी चेले को बुलाकर लाइए, आकर अछूतोद्धार करे।" सरला ने हंसते हुए कहा।

"आजकल तो बहत उद्धार हो रहे हैं। हर धर्म वाले यह सोचकर कि न जाने कितने बद्धिहीन व्यक्ति अन्य धर्मों में भटकते फिर रहे हैं, उनका उद्धार कर रहे हैं। जबरदस्ती किसीके मुंह में गोमांस, ज़बरदस्ती किसीके गले में जनेऊ का धागा, मानो सबपर पुण्य करने का भूत सवार हो गया हो।" कहते-कहते डाक्टर देव के मुख पर पीड़ा की झलक दीख पड़ने लगी।

परस्पर के हास्य-विनोद ने गंभीर रूप धारण कर लिया।

"क्या ठाठ हैं उद्धार के! सरकार ज़बरदस्ती उठाकर ले जाई गई स्त्रियों को वापस ला रही है, और मां-बाप हैं कि लड़कियों-बहनों को लेने से इनकार कर रहे हैं।" कृष्णलाल ने कहा।

"आपको मालूम है, आज मैं उदास क्यों थी?" सरला ने कहा।

"क्यों?"

"सवेरे ही चाय पीकर कश्मीरी गेट लीला के घर गई थी। आप सोच नहीं सकते कि मैंने लोगों को सड़कों पर किस दुर्दशा में रहते देखा है, कोई छाया नहीं, कोई छप्पर नहीं। किले की दीवार में जो छोटे-छोटे बुखारचे बने हैं, उनकी चार अंगुल छाया में पूरे परिवार के परिवार पड़े हैं!" सरला ने बड़े दुःख से यह बात कही।

"माताजी, आपने तो कुछ भी नहीं देखा। यदि कहीं आप इन निराश्रितों की वास्तविक दशा पूरी तरह देख लें तो आप न खा सकें, न सो सकें।" मनू ने कहा।

"लोग कहा करते थे, इस संसार में गर्व किस बात का! मरकर तो केवल

तीन हाथ धरती ही मिलेगी। किन्तु आजकल तो जीते जी भी तीन हाथ स्थान मिलना कठिन हो रहा है।" सरला ने कहा।

"ये लोग तो इस आशा पर हैं कि उनकी लोक-सरकार उनके जीवन को बदल देगी, देवताओं की जन्मभूमि विदेशी राज्य की कालिमा दूर करके फिर एक बार स्वर्ग बन जाएगी।" मनू के मुंह पर जोश आ गया। "और ज़रा सरकारी दफ्तरों में जाकर देखिए, घूस और सिफारिश के बिना एक परची भी फाइल से नहीं निकलती।" मनू का मुख तमतमा उठा।

"केवल इंजन बदल देने ही से तो सारी गाड़ी नई नहीं हो जाती। स्वतन्त्रता का तिरंगा झंडा तो अवश्य लहरा रहा है किन्तु मन में पराधीनता का जो मैल जम गया है, वह उतरते-उतरते ही उतरेगा। हर काम के लिए समय की आवश्यकता है।" कृष्णलाल ने विश्वासभरे स्वर में कहा। "फिर भी मैं कह सकता हूं कि हमारे देश की बागडोर अत्यन्त कुशल हाथों में है।" कृष्णलाल ने ही कहा।

"पहले कभी इस पगड़ी-वगड़ी का नाम भी नहीं सुना था, किन्तु आजकल तो ऐसा जान पड़ता है कि जैसे इस शब्द में कोई बुराई ही न रह गई हो। खुले रूप से लोग इसका सौदा करते हैं, विज्ञापन छपवाते हैं, काम-काज चलाते हैं। किसी प्रकार की कोई झिझक नहीं। साफ पूछ लेते हैं, आप कितनी पगड़ी देंगे?" सरला ने रोषपूर्वक कहा।

"जितना कि पगड़ी का नाम हर एक के मुख पर है, उतनी ही इसकी निन्दा भी व्यापक है। जब किसी बुराई की चर्चा प्रत्येक मनुष्य के होंठों पर आ जाती है, तब उस बुराई की आयु अधिक नहीं समझनी चाहिए। धीरे-धीरे सब कुछ ठीक हो जाएगा।" कृष्णलाल स्वभाव से ही आशावादी था।

"पर मेरी समझ में नहीं आता कि ज़बरदस्ती उठाकर ले जाई गई लड़कियों के लौट आने पर उनके घर वाले ही उनसे क्यों मंह मोड़ रहे हैं। उनका क्या दोष है?" सरला ने यह बात बड़े दुःख के साथ कही।

"पुराने संस्कार बहुत दृढ़ होते हैं, भाभी!" देव ने समझाने के ढंग से कहा।

"कुछ अपनी बुद्धि भी तो होती है।" सरला ने क्रोधपूर्वक कहा।

"भाभी! बद्धियां इतनी विकसित ही कहां हो पाई हैं कि ज़बरदस्ती और मन की इच्छा के अंतर को समझ सकें।" देव ने फिर समझाते हुए कहा।

"अब तक हज़ारों लड़कियां वापस लाई जा चुकी हैं।" मनू ने कहा।

"अभी और कितनी बाकी होंगी?" कृष्णलाल ने पूछा।

"इससे कई गुना अधिक।"

"बस?" डाक्टर देव ने विचित्र-सा प्रश्न किया।

"हां, अखबार में तो यही था। और यह भी था कि उनके बच्चों का भार सरकार अपने ऊपर ले लेगी।" मनू ने कहा।

"यदि किसी नूरदीन ने किसी लीलावती को ज़बरदस्ती उठा लिया, या किसी रामचरन ने किसी हमीदा को अपने घर में डाल लिया, उससे ज़बरदस्ती करम करवाए, तो आज सभी यह सोचते हैं कि गलत है। किन्तु इसे ठीक किया जा सकता है, बालक का पाप उसके शरीर से उतारकर फेंका जा सकता है...।" देव कह रहा था।

"हां, क्योंकि यह सब बेचारी लड़की की इच्छा से नहीं हुआ, ज़बरदस्ती हुआ है।" कृष्णलाल बोल पड़ा।

"नहीं, केवल इसलिए कि उनके अपने धर्म के अनुसार विवाह की रीति पूरी नहीं हुई।" देव ने ज़ोर देकर कहा। वे कुछ सोचने लगे, कोई कुछ न बोला।

"जब कोई रामनारायण किसी शांतिदेवी से उसकी इच्छा के विरुद्ध विवाह कर लेता है वह भी तो ज़बरदस्ती ही होती है। किन्तु उस लड़की को कोई भी वापस लाने की चेष्टा नहीं करता, कोई भी उसके आंचल पर से पाप नहीं झाड़ता, कोई सरकार उसकी संतान का दायित्व नहीं लेती, क्योंकि धर्म के अनुसार विवाह की रीति पूरी हो चुकी है। क्या इस प्रकार की ज़बरदस्ती उचित है?" देव अपने ध्यान में बोलता गया। सब एकटक उसके मुख की ओर देखते रहे।

"कौन बता सकता है कि ज़बरदस्ती उठाकर ले जाई गई अभी कितनी स्त्रियां बाकी हैं? किस सरकार में शक्ति है कि ज़बरदस्ती उठाकर ले जाई गई सारी स्त्रियों को वापस ले आए...?" देव का मुंह लाल हो गया था।

कृष्ण, सरला, मनू मंत्रमुग्ध से देव के मुख की ओर देखते रहे।

25

डाक्टर देव सोने की तैयारी में था। वह बिस्तर पर लेटा हुआ था, उसकी पुस्तक के दो-एक पृष्ठ ही बाकी थे।

"चाचाजी! चाचाजी! सो गए हैं क्या?" मनू ने आकर द्वार खटखटाया। मनू की आवाज़ सुनकर डाक्टर देव उठ गया, द्वार खोले और मनू को बिठाया।

"चाचाजी! आपकी और मेरी आयु में पिता-पुत्र का सा अन्तर है, परन्तु मैंने सदा आपसे मित्रों का सा स्नेह पाया है।" न जाने मनू आगे क्या कहना चाहता था, उसके स्वर में बहुत घबराहट थी।

डाक्टर देव गम्भीरतापूर्वक मुस्करा दिया।

"आज मैंने एक बात सुनी है, गलत है या ठीक। किन्तु वह मैं अपने पिताजी से नहीं कह सकता, आपसे कह सकता हूं।" मनू बच्चों की भांति देव के गले से लिपट गया। देव चाचा स्नेहपूर्वक उसकी पीठ पर हाथ फेरते रहे।

"चाचाजी! मेरी ओर देखिए। सच-सच बताइए। यह मैं जानता हूं कि इस बात में यदि कुछ भी सचाई होगी तो आपको अवश्य उसका ज्ञान होगा। आप पिताजी के बहुत ही निकट हैं, इतने निकट जितना कि और कोई नहीं है। मुझे आज किसीने यह बताया है कि मेरा जन्म पिताजी के घर में नहीं हुआ था, पिताजी ने मुझे कहीं से लाकर पाला है। क्या यह सच है?" मनू ने कहा।

जाड़े की उस ठंडी रात में भी डाक्टर देव के माथे पर पसीने की बंदें झलक आईं। मनू और भी घबरा गया।

"चाचाजी! आप कुछ कहते क्यों नहीं? मैं अब नासमझ बच्चा नहीं रह गया हं जो मुझपर कोई अनुचित प्रभाव पड़ेगा। आपने मुझे विशाल हृदय वाला बनाया है। मैं सब कुछ सुन सकता हूं, समझ सकता हूं। आप मुझे बताइए।" मनू देव की गोद में लेट-सा गया।

"मनू! यदि यह बात सच भी हो तो क्या तुम्हारे पिताजी तुम्हारे पिताजी न रहेंगे? मां के समान प्यार करने वाली मां को क्या तुम मां नहीं समझोगे!"...देव मनू की पीठ पर हाथ फेरता रहा।

"नहीं, चाचाजी, वे सदा मेरे पिता हैं, और वे सदा मेरी माता हैं, मैं सदा उनका पुत्र हूं। इस बात से मुझमें कोई अन्तर नहीं आ सकता, केवल..."

"केवल क्या?"

"यह बात ऐसी है कि सोमनाथजी के घर तक भी पहुंच सकती है। उनपर शायद इसका बुरा प्रभाव पड़े। तब...मधु...सारा खेल बिगड़ जाएगा।" मनू की इस बात से देव की समझ में यह पूर्णतया आ गया कि मामला बहुत हद तक बिगड़ भी सकता है।

"चाचाजी! आप उपेन्द्र को तो जानते हैं। मधु के कालिज में पढ़ता है। कभी-कभी मधु के घर भी आता-जाता है।"

"मुझे तो सदा से ही वह बुरे दिल का आदमी लगता है।"

"उसने यह बात केवल मेरे माता-पिता को कष्ट देने के लिए ही नहीं ढूंढ़ निकाली और कही है वरन् सोमनाथजी और उनके घर वालों की निगाहों में वह मुझे गिराकर स्वयं चढ़ना चाहता है। मधु की निगाहों में वह मुझे कुछ का कुछ बनाना चाहता है। एक दिन की बात है, चाचाजी! मधु की एक सहपाठिन है—रंजू। उपेन्द्र उसे फुसलाना चाहता था। रंजू उपेन्द्र के वास्तविक चरित्र से परिचित तो थी नहीं, वह शायद उसकी बातों में आ गई। मधु ने मुझसे सहायता मांगी। उस दिन लड़कियों को घर पहुंचाने वाली बस खराब हो गई थी। उपेन्द्र रंजू को अपनी गाड़ी में बिठाकर उसके घर पर छोड़ने ले गया। मैं मधु से मिलने के लिए कालिज गया हुआ था। जब मधु को पता चला कि रंजू उपेन्द्र के साथ चली गई है, तो वह रंजू के संकट में पड़ने को आशंका से व्याकुल हो उठी। हमने उपेन्द्र का पीछा किया। मधु की आशंका ठीक ही निकली। उपेन्द्र रंजू को उसके घर न ले जाकर अपने एक मित्र के घर ले गया था। अन्त में यह हुआ कि रंजू का जीवन एक बहुत बड़े संकट से बच गया। किन्तु उसी समय से उपेन्द्र मेरा शत्रु बन गया है। यह शायद उसी शत्रुता का परिणाम है।" मनू ने अपनी चिंता का कारण बताते हुए कहा।

"अच्छा, मनू! यह बताओ कि तुम अपने-आपको कैसा समझते हो?" डाक्टर देव ने पूरी बात सुनने के बाद कहा।

"मैं वैसा ही हूं चाचाजी! जैसाकि आज से एक दिन पहले था। इस बात के कारण कुछ और थोड़े ही हो गया हूं।"

"और आज तुम्हें अपनी माताजी, अपने पिताजी कैसे लगते हैं?"

"हां, वे अवश्य पहले की अपेक्षा अधिक अच्छे जान पड़ते हैं, देवताओं के समान।"

"फिर संसार का क्या भय! जब तुम्हारी अपनी दृष्टि में कोई अन्तर नहीं आया है, तब वास्तव में कोई अन्तर नहीं है। अच्छा तो उसने और क्या कहा?"

"उसने कहा कि मेरा जन्म एक अविवाहित के उदर से हुआ था।"

"इस बात का तुमपर क्या प्रभाव पड़ा?"

"अच्छा या बुरा कुछ भी नहीं। हां, आश्चर्य बहुत हुआ।"

"तुम्हारी जन्म देने वाली मां का तुम्हारी दृष्टि में क्या स्थान है?"

"मुझे सच्चे हृदय से उनसे सहानुभूति है।"

"और यदि कभी वे तुम्हें मिल जाएं?"

"मैं अपना सम्पूर्ण प्रेम उन्हें समर्पण कर दूं, जोकि जीवन ने उन्हें नहीं दिया, कानून ने नहीं दिया; जोकि समाज ने उनसे ज़बरदस्ती छीन लिया, वह उन्हें लौटा दूं। उनकी प्यार की भूख में अपने-आपको खो दूं।"

"शाबाश मेरे बच्चे! मुझे तुमसे यही आशा थी।" देव ने मनू को गले से लगा लिया।

"आपका शिष्य होकर मैं आपकी आशाओं से कम नहीं निकल सकता, चाचाजी! आपने मुझे जीवन में बहुत कुछ सिखाया है।" मन देव चाचा से चिपटा रहा। कितना ही समय बीत गया।

"एक दिन तुम्हारे पिताजी स्वयं ही तुम्हें सब कुछ बता देंगे। तुम्हारे जन्म के सम्बन्ध में कई लोगों को पता है। कई सम्बन्धी इस रहस्य को जानते हैं, एक दिन यह बात अवश्य तुम्हारे कानों तक पहुंचेगी, यह सब तुम्हारे पिताजी जानते हैं। उनका विचार है कि जब तुम्हारे कानों में इस बात को ठीक से सुनने की और तुम्हारी बुद्धि में इसे ठीक से समझ सकने की शक्ति उत्पन्न हो चुकेगी, वे स्वयं ही तुम्हें सच्चाई से परिचित करा देंगे। तुम्हारा पच्चीसवां जन्म-दिन कब है? हां, याद आ गया, अगले महीने। उस रात शायद वे तुम्हें सब कुछ बता देंगे। वे कहते थे, तब उनके भाग्य का निर्णय तुम्हारे हाथ में होगा कि तुम उन्हें अपने जन्म देने वाले माता-पिता समझ सकते हो या नहीं।"

"चाचाजी! ऐसा न कहिए। वे युग-युगान्तरों के लिए मेरे माता-पिता हैं, मुझे उनपर गर्व है, मैं उन्हींका अंश हूं, मुझसे बढ़कर उनका अंश और कोई नहीं हो सकता।"

"शाबाश! मेरे बच्चे!"

"मैं सोचता हूं, न जाने मेरे पिता कौन हैं?"

"ईसा मसीह के पिता का आज तक किसीको पता नहीं।"

"मेरे मन में विचार आता है कि मेरी मां को दुनिया वालों और घर वालों से न जाने क्या-क्या सुनना पड़ा होगा! लोग उनका अपमान करते होंगे, उनका तिरस्कार करते होंगे...।" मनू कह रहा था, डाक्टर देव सुन रहा था। मनुष्य के जीवन में कई क्षण ऐसे आते हैं, जबकि उसे अपने ऊपर काबू नहीं रहता, सभी बन्धन टूटते जान पड़ते हैं, चिरकाल का संचित संयम भी टूटता हुआ प्रतीत होता है। उस समय डाक्टर देव के लिए भी ऐसा ही कोई क्षण आ उपस्थित हुआ था।

"वह देवी थी!" डाक्टर देव के मुख से निकल गया।

"आप उन्हें जानते हैं? वे जीवित हैं? बोलिए...बोलिए...।" मनू डाक्टर देव के सामने ऐसे झुककर बैठ गया, मानो प्रार्थना की साक्षात् मूर्ति हो।

देव सोच न सका कि उसने क्या कह डाला। अब क्या कहे? अब क्या करे?

"नहीं मनू, अब और कुछ न पूछो। तुम्हें अपने चाचा पर विश्वास है न? जीवन जिस रास्ते पर ले जा रहा है, उसी रास्ते पर चले जाओ। प्रकृति को जो कुछ गुप्त रखना होता है, वह सदा गुप्त रहता है; प्रकृति जो कुछ दिखाना चाहती है, वह प्रत्यक्ष हो जाता है।"

"आप जैसा कहें, वही ठीक है।" मनू ने धैर्यपूर्वक कहा।

देव और मनू फिर कितनी देर चुपचाप बैठे रहे। बातें करने की अपेक्षा इस नीरवता में वे अपने-आपको एक-दूसरे के अधिक निकट अनुभव कर रहे थे।

कुछ देर बाद मनू संभला। उसे घर जाना था। वह चला गया।

कमरे में बिजली का तेज़ प्रकाश डाक्टर देव को बोझिल प्रतीत होने लगा। उस प्रकाश के बोझ के नीचे बैठना उसे कठिन जान पड़ने लगा, मानो प्रतिपल, प्रतिक्षण वह उस प्रकाश में बेनकाब होता जा रहा हो। फिर उसे ध्यान आया कि मनू मधु से प्रेम करता है, पर डरता है कि कहीं मधु उससे छिन न जाए।

डाक्टर देव ने बिजली बुझा दी। फैले अंधकार में वह अपनी चारपाई के सिरहाने की ओर भूमि पर दोनों घुटने टेककर बैठ गया।

"मेरी कहानी जीवन-भर अधूरी रही। मनू, भगवान करे तुम्हारी कहानी पूरी हो।" डाक्टर देव के मुख से निकला।

न जाने ये शब्द विधाता के कानों तक पहुंचे या नहीं!

26

दोपहर का समय था। राजकुमारी मधु के दहेज में दी जाने वाली वस्तुओं को एक-एक करके अपनी बनाई हुई सूची से मिला रही थी और ट्रंक में रखती जा रही थी। इतने में नौकरानी ने आकर कहा कि कोई लड़का मिलने के लिए आया है। राजकुमारी ने पुछवाया कि वह किससे मिलना चाहता है। राजकुमारी ने सोचा कि या तो वह उसके पति का कोई परिचित व्यक्ति होगा या मधु का कोई सहपाठी मधु से मिलने आया होगा, किन्तु नौकरानी ने आकर बताया कि वह लड़का मधु की माताजी से मिलना चाहता है। राजकुमारी ने हाथ के काम को वहीं

छोड़ दिया और बाहर बैठक में उस लड़के को बुलवा लिया।

"माताजी! मैंने आपको कष्ट दिया है, क्षमा कीजिएगा। किन्तु शायद यह कष्ट आपके लिए भला सिद्ध हो।" आगन्तुक ने कहा।

"मैं आपका शुभ नाम पूछ सकती हूं?"

"मुझे उपेन्द्र कहते हैं। मैं पहले भी तीन-चार बार आपके यहां आ चुका हूं। मैं मधु का क्लास-फैलो हूं।"

"कहिए।"

"आप शायद मधु की सगाई कर चुकी हैं?"

"सगाई की रस्म तो नहीं की है, हां, विवाह निश्चित कर दिया है।"

"मैं मधु का शुभचिन्तक हूं, मैं मधु को सुखी देखना चाहता हूं।"

"कहिए क्या बात है?"

"मेरा अपना कोई स्वार्थ नहीं है, केवल मधु का सुख...।"

"आप कहिए जो कहना चाहते हैं। मुझे आपके विषय में कोई शंका नहीं है।"

"एक सम्मानित घराने में एक आवारा, हरामी लड़के का यह सम्बन्ध मुझसे सहन नहीं होता।" उपेन्द्र में जोश की अपेक्षा क्रोध अधिक था।

"मैंने बड़ी शान्ति से आपकी बात सुनी है, किन्तु आपको इतने कड़े शब्द प्रयोग नहीं करने चाहिए।"

"क्योंकि मैं सचाई को जानता हूं और आप अभी तक वास्तविकता से अनभिज्ञ हैं।

"कोई प्रमाण आपके पास...?"

"मनू सेठ कृष्णलालजी का अपना पुत्र नहीं है, उन्होंने केवल उसे पाला है।" उपेन्द्र ने सारा भेद खोलकर सामने रख दिया और एक शूरवीर साहसी सैनिक की भांति उसने राजकुमारी की ओर देखा।

"यदि आपकी बात मान भी ली जाए तो इसमें हरज ही क्या है? उन्होंने उसे जन्म से पाला है, वह उनका पुत्र ही कहलाएगा।" राजकुमारी ने शान्तिपूर्वक कहा।

"किसी निराश्रित और निर्धन बालक को पाला होता तो बात और थी, किन्तु वह तो एक अविवाहिता मां का पुत्र है। उसकी मां जीवित है, उसका पिता जीवित है। मुझे उसकी मां का पता तो नहीं मालूम हो सका किन्तु यह मैं बता सकता हूं कि उसका पिता कौन है।" उपेन्द्र ने राजकुमारी की ओर उस धनवान व्यक्ति

की भांति देखा जो बड़े ठाठ से किसीको एक मुट्ठी भरकर देने के बाद और भी दे सकता हो।

"कौन?" राजकुमारी ने पूछा।

"डाक्टर देवराज?"

"हैं!"—राजकुमारी के अन्तस्तल में न जाने क्या जाग्रत् हो उठा।

"हां, माताजी! मैं कहता था न कि आप सचाई से परिचित नहीं हैं। देवराज उस समय डाक्टरी पढ़ता था, जब उसकी प्रेमिका के यह बच्चा हुया था। माता-पिता ने उनका विवाह नहीं होने दिया और इस बच्चे को एक हस्पताल में दे दिया। अपनी लड़की का विवाह किसी धनवान घराने में कर दिया। देवराज ने सबकी चोरी से वह बच्चा हस्पताल से ले लिया। कृष्णलाल देवराज का मित्र था। उसके घर कोई बालक न था। उसने उस बच्चे को पाल लिया।" पूरी बात सुना लेने पर उपेन्द्र को विजयी सेना के सेनापति का सा गर्व अनुभव हो रहा था।

राजकुमारी न जाने किन विचारों में लीन हो गई। उपेन्द्र को ही फिर बोलना पड़ा, "आपको शायद मेरी बात पर विश्वास नहीं हो रहा है। इस भेद को उस हस्पताल का डाक्टर पूर्णतया जानता था। आप कहेंगी कि डाक्टर कभी किसीसे इतनी ज़िम्मेदारी की बात नहीं कहते। ठीक है, किन्तु देवराज और डाक्टर की बातचीत वहां की एक नर्स ने सुन ली थी। वही नर्स मेरी माताजी की बीमारी में हमारे घर आती थी। मेरे चाचाजी के कोई सन्तान नहीं है। वे किसी बच्चे को गोद लेना चाहते थे। उन्हीं दिनों उस बच्चे के सम्बन्ध में उस नर्स ने हमारे घर में बात की। चाचाजी को बहुत शौक आया, उन्होंने वही बालक गोद लेने का निश्चय कर लिया, किन्तु दूसरे दिन नर्स से पता चला कि वह बच्चा हस्पताल से किसी और ने ले लिया है। मेरी चाचीजी को अपने भाग्य पर इतना दुःख हुआ कि वह कई दिन तक रोती रहीं। ये सब बातें मेरे होश से पहले की हैं, किन्तु कई बार यह बात सुनाते हुए चाचीजी कहा करती थीं कि उस समय उन्हें ऐसा लगा मानो उन्हींका अपना बच्चा किसीने उनसे छीन लिया हो। उसी नर्स से हमें यह भी पता चला था कि बालक को उसका पिता ही ले गया है।"

राजकुमारी सिर झुकाए बैठी रही। उपेन्द्र मन ही मन में प्रसन्न नमस्ते कहकर चला गया।

27

उपेन्द्र चला गया। राजकुमारी सोफे पर से उठकर डाक्टर देव के चित्र के सामने जा खड़ी हुई। राजकुमारी का चढ़ता हुआ यौवन मानो एक बार फिर नये सिरे से उसके मुख पर आ गया। वह चित्र के सामने खड़ी-खड़ी हंस पड़ी:

'आप, देवजी! सदा की भांति मुस्करा रहे हैं। आप सदा मुझसे छिपते रहे हैं, आज मैंने आपको पा लिया है। आप कहा करते थे कि आपका प्रेम कहीं खो गया था, किन्तु उसकी निशानी आपके पास थी। मैं पूछती थी—क्या? आप हंसकर उत्तर दे देते थे—उसकी याद। आज मैंने वह निशानी देख ली है। देवजी! आपने मेरी भक्ति पर विश्वास नहीं किया, मुझे सब नहीं बताया। मैंने अपनी भक्ति के बल से आपके सम्बन्ध में सब कुछ जान लिया है।...आपका पुत्र...आपका रक्त...आपके प्रेम की जीती-जागती मूर्ति...वह मेरी बेटी का पति होगा...मैं कितनी भाग्यशालिनी हूं...!'

राजकुमारी हंसते-हंसते सोफे पर लेट गई। फिर अपने आप कहने लगी, 'आप वास्तव में देवता हैं। अपने प्रेम को आपने कैसे पाला है! सारा यौवन बिता दिया, सारा जीवन लगा दिया किन्तु अपने मृतप्राय प्रेम को अपने हृदय से लगाए रखा। वह अवश्य ही कोई देवी होगी। कितनी भाग्यवान है वह जो आपने उससे प्रेम किया, इतना प्रेम जितना कि कोई पुरुष कर नहीं सकता। हाय, बेचारी आप जैसे प्रीतम से जीवन में ही बिछुड़ गई, अपने बच्चे से बिछुड़ गई। काश, देवजी! आप मुझे बता देते कि वह कहां है, मैं उसकी चरण-धूलि अपने मस्तक पर चढ़ाती, उसकी पूजा करती, उसके दुःखी हृदय से कहती : बहन! संसार की स्त्रियों में तुम सबसे अधिक भाग्यशालिनी हो कि तुम्हें जीवन में ऐसा अनुपम प्रेमी प्राप्त हुआ जो तुम्हारा ही होकर रहा, केवल तुम्हारा, सदा-सदा के लिए तुम्हारा।'

शान्ति की एक लहर-सी राजकुमारी के सारे शरीर में दौड़ गई। वह उस लहर में डूब गई, फिर धीरे-धीरे उसके होंठ हिले :

'आने वाले! तुम आए थे मनू को मेरी निगाहों में गिरा देने के लिए, पर तुम क्या जानो, तुमने उसे कौन-से आकाश पर पहुंचा दिया है। मैं मधु से कहूंगी कि मनू किसी साधारण व्यक्ति का पुत्र नहीं, वह एक देवता की संतान है; तुम जीवन-भर उसकी पूजा करना। मधु, तू कितनी भाग्यवान है कि तुझे देवजी का

पुत्र मिल गया...!' राजकुमारी आनन्द-विभोर हो गई।

इतने में द्वार पर खटखट हुई। राजकुमारी ने सोचा, कहीं आनंद में विघ्न न पड़ जाए। फिर अपने-आप ही हंसने लगी, आज तो विघ्न भी आनन्द का रूप धारण कर रहे थे।

आने वाला और कोई नहीं, स्वयं डाक्टर देव था। देव के मुख पर कभी न दीख पड़ने वाली हल्की-सी घबराहट थी। रात वाली बात की चिन्ता ही उसे यहां खींच लाई थी। वह राजकुमारी का मन लेने आया था। उसे चिन्ता थी कि कहीं मनू की खुशी अधूरी न रह जाए।

उसने राजकुमारी को बहुत प्रसन्न देखा। उसके मन में विचार उठा, न जाने वास्तविकता का ज्ञान होने पर राजकुमारी क्या सोचे! किन्तु देव को कुछ पूछने की आवश्यकता न पड़ी, कुमारी ने ही हंसकर कहा, "विवाह में अभी एक महीना है न?"

सुनकर देव डर-सा गया। कुमारी ने आगे कहा, "बहुत दिन हैं। क्या इससे जल्दी विवाह नहीं हो सकता? मैं चाहती हूं, अब तो मैं अधीर हो उठी हूं, मनू जल्दी से जल्दी मेरा हो जाए, मेरा बच्चा बन जाए, आपका बच्चा मेरा बन जाए।" राजकुमारी ने अपनी आंखें झुका लीं। डाक्टर देव की सारी शंकाएं दूर हो गईं। वह समझ गया कि किसी प्रकार कुमारी यह जान गई है कि मनू डाक्टर देव का पुत्र है।

28

मनू और मधु का विवाह आरम्भ हुआ और निर्विघ्न सम्पन्न हुआ।

हां, जब मधु ने मनू का आंचल थामा और मनू के साथ फूलों से लदी हुई गाड़ी में बैठी, उस समय राजकुमारी को लगा, आज उसकी अन्तरात्मा में एक अद्भुत रस का संचार हो रहा है। मधु उसकी अन्तरात्मा थी, और मनू डाक्टर देव के कलेजे का टुकड़ा!

सम्बन्ध ठीक उसी रूप में बने रहे जिस रूप में प्रकृति ने उनका ताना-बाना बुना था। हां, जब मधु और मनू ने राजकुमारी के घर से विदा होकर सरला और कृष्णलाल के घर का स्वागत स्वीकार किया और फिर दोनों ने आकर डाक्टर देव को प्रणाम किया, तब आशीर्वाद देते समय डाक्टर देव को लगा, ममता के दोनों पतले हाथ डाक्टर देव के हाथों के साथ मिलकर मनू को आशीर्वाद दे रहे हैं। मनू उसका अपना अंश था, मनू उसकी ममता का ही रक्त था।

29

रात के ग्यारह बज चुके थे। डाक्टर देव सोने ही वाला था जबकि उसके कमरे का दरवाज़ा खुला। मनू डाक्टर देव की गोदी में आ गिरा।

"पिताजी!" ...मनू डाक्टर देव से कसकर चिपट गया। डाक्टर देव ने संभालना चाहा, किन्तु आज जब मनू सब कुछ जान गया था तब डाक्टर देव कैसे इनकार कर सकता था!

"पिताजी, आप जीवन-भर अपने-आपको मुझसे छिपाते रहे हैं, पर अब और न छिपा सकेंगे।" मनू का मुंह बांसुओं से भीगा हुआ था। देव कुछ न बोल सका। वह मनू की पीठ पर हाथ फेरता रहा।

"पिताजी! आप महान हैं?" मनू की आंखों से अश्रुधारा बह चली। "आपने अपना सारा जीवन बलिदान कर दिया। कानून ने आपको पति स्वीकार नहीं किया, कानून ने आपको पिता नहीं माना। किन्तु कानन तो साधारण व्यक्तियों के लिए होते हैं, आप असाधारण हैं, कानूनों से ऊपर हैं। कभी किसी पिता ने इस प्रकार प्रेम न निभाया होगा! कभी किसी पिता ने अपनी आयु इस प्रकार न अर्पित की होगा! पिताजी! ..." मनू ने देव को अपनी भुजाओं में बांध लिया था।

देव का शरीर, जो अब तक मूर्तिवत् स्थिर था, हिला। पलकों में उमड़ते आ रहे मोटे-मोटे आंसुलों को उसने आंखों में ही लौटाने की चेष्टा की; किन्तु आंसू बलवान थे, पलकों को चीरकर निकल ही पड़े। मनू ने जीवन में प्रथम बार देव की आंखों में आंसू देखे।

"तुम्हें किसने बताया?" देव ने धीरे से पूछा।

"स्वयं कृष्णलाल पिताजी ने। आप जानते हैं, आज मेरी पचीसवीं वर्षगांठ थी। कोई एक घण्टा हुआ, उन्होंने मुझे सब कुछ बता दिया। आपका नाम भी बता दिया। उन्होंने कहा, 'देवजी ने अपनी सारी आयु तुम्हारे लिए खर्च कर दी। मुझे तुमसे जी-भरकर पुत्र-प्रेम प्राप्त हुआ है। मैं जानता हूं कि पुत्र-प्रेम की भूख कितनी बलवती होती है। यद्यपि देवजी ने सदा तुमपर असीम प्रेम रखा है, वे निःशंक होकर तुम्हें पुत्र नहीं कह सके। मेरे तो तुम हो ही, मुझसे छिन नहीं जाओगे, परन्तु देवजी को भी इस भूख की पूर्ति से वंचित न रखना।' एक बात और थी। मेरे जन्म के सम्बन्ध मे जब उन्होंने ठीक बात बताई तो सोचा कि कहीं मैं किसी प्रकार की निम्नता या घटियापन का अनुभव न करूं, इसलिए उन्होंने

मुझसे कहा, 'तुम्हारे लिए यह सबसे बढ़कर गौरव की बात है कि तुम देव जैसे व्यक्ति की सन्तान हो।'" मनू ने कहा।

"कृष्ण सचमुच एक महान पुरुष है!" देव ने कहा।

कुछ समय बीत गया। दोनों उसी प्रकार बैठे रहे। फिर मनू ने स्नेहपूर्ण आग्रह के साथ कहा, "पिताजी! मुझे सब कुछ बता दीजिए!"

देव हंस दिया और कहने लगा, " मैं उन दिनों डाक्टरी पढ़ रहा था। यह 1923 की बात है। गर्मी की छुट्टियों में मैं पहलगाम गया था। वहां हमारे तम्बू पास-पास थे। मैं एक गरीब घर का लड़का था, वह एक बहुत अमीर घर की बेटी थी। वहां हमारा एक-दूसरे से परिचय हुआ। हमारी रुचियों में अमीरी और गरीबी का अन्तर न था। उसके माता-पिता बहुत धन और सम्पत्ति के स्वामी थे, पर उसका सौंदर्य और उसकी बुद्धि उनकी सम्पत्ति से भी बढ़कर थी। वहां पहाड़ों में और चीड़ के वृक्षों तथा झरनों वाली उस घाटी में हम खेलते रहे। उन चोटियों पर हमने कई बार सूर्य को उदय होते हुए देखा, कई बार सूर्य को अस्त होते हुए देखा। तब हम यह सोच भी न सकते थे कि जीवन में हमें कोई अलग भी कर सकता है। चन्दनवाड़ी के पुल पर मैंने उसके कई चित्र लिए। उन चित्रों में वह बर्फ की देवी के समान दीख पड़ती है। उसका असली नाम कछ और था। मैं कभी-कभी हंसी में उससे कहा करता था कि तुमने मुझ जैसे निर्मोही लड़के को अपनी मोह-ममता के पाश में बांध लिया है। बस इसीसे उसने अपना नाम 'ममता' रख लिया था। वह कहा करती थी कि जब तक ममता जीवित रहेगी आप कहीं छोड़कर तो न जा सकेंगे। पगली ममता! न मैं जानता था और न वह जानती थी कि ममता से जीते-जी बिछुड़ना होगा!

"प्रकृति अपने खेल खिलाकर ही रहती है। हमारे पूर्ण प्रेम ने यह न सोचा कि वह अभी कानून की दृष्टि से अपूर्ण है। हमने केवल ईश्वर को साक्षी मानकर एक-दूसरे को चना था, विवाह की कोई रीति इससे बड़ी नहीं हो सकती। मैं यह नहीं कहता कि कानून की कोई कीमत नहीं, हां, इतनी नहीं है कि उसपर कई जीवन सदा के लिए न्योछावर कर दिए जाएं। और फिर वह साधारण लड़कियों जैसी लड़की नहीं थी, मैं साधारण लड़कों जैसा लड़का नहीं था। उस समय ममता गर्भवती थी जबकि उसके माता-पिता ने मेरे साथ उसका विवाह करने से इनकार कर दिया था, हमारे गन्धर्व विवाह को उन्होंने स्वीकार नहीं किया।

"वह अपनी मान-मर्यादा तज सकती थी, अपने माता-पिता का मोह छोड़

सकती थी किन्तु उन्होंने उसे चौबीस घण्टे का बन्दी बना लिया, उसपर पहरा बिठा दिया। उसकी ओर से मुझे यह सन्देश भेजे गए कि मैंने उसका जीवन नष्ट कर दिया है, वह मुझ जैसे साधारण और गरीब घर के लड़के से कदापि विवाह नहीं कर सकती। और न जाने और क्या-क्या उसकी ओर से मुझसे कहा गया। किन्तु इस सबको मैंने कदापि सच नहीं माना।

"तुम्हारा जन्म होते ही उन्होंने तुम्हें एक अस्पताल में दे दिया। मैं पीछे-पीछे घूमता रहा, भटकता रहा, अस्पताल के मालिक से मिला, उससे सब कुछ सच-सच कह डाला। मैं डाक्टरी पढ़ने वाला एक नवयुवक पन्द्रह दिन के बालक को लपेटकर अपने मित्र कृष्णलाल के यहां ले गया। उसने मेरी मित्रता की लाज रख ली। उसके कोई सन्तान न थी। और तब से तुम मेरी आंखों के सामने पलते रहे। मैंने कृष्णलाल को और सब कुछ बता दिया था, केवल तुम्हारी माता का नाम और पता नहीं बताया था।" डाक्टर देव ने मनू के आगे अपने दिल का सारा भार उतार डाला।

"पर मां का पता मुझे तो बता दीजिए।" मनू ने विनीत स्वर में कहा।

"उसे रहस्य ही रहने दो, मनू!"

"क्यों पिताजी?"

"उसके माता-पिता ने बहुत जल्दी किसी अमीर घराने में उसका विवाह कर दिया था। उसके बाद मैंने उसे कभी नहीं देखा।"

"उनके सम्बन्ध में कुछ सुना भी नहीं?"

"बहुत थोड़ा। उन्हीं दिनों की बात है, तुम्हारे लिए एक आया रखी थी। वह आया उन्हींके घर से नौकरी छोड़कर पाई थी। उसने बताया कि ममता के एक लड़की हुई है, ममता ने उसका नाम 'रंजू' रखा है। मैं समझ गया कि क्यों उसने अपनी लड़की का नाम रंजू रखा था। पहलगाम में दो-एक बार उसने मुझसे कहा था कि हम अपने बच्चे का नाम रंजू' रखेंगे। वह अपनी बेटी में भी तुम्हें ही पा लेना चाहती थी। मैंने भी उसीके कथनानुसार तुम्हारे लिए 'मनोरंजन' नाम सुना था। और रंजू के स्थान पर छोटा नाम 'मनू' रखा था। जब मैं तुम्हें 'रंजू' कहकर पुकारता था, तब मुझे उसकी बहुत याद आती थी। उसने भूल की कि अपनी लड़की का यह नाम रखा। इस नाम के कारण वह तुम्हें न भूल सकी होगी। और तुम्हें न भूल सकने में वह मुझे भी न भूल सकी होगी। ये दोनों बातें उसके नये जीवन के लिए हानिकारक सिद्ध हो सकती हैं, यह उसने नहीं सोचा। मैं जान-

बूझकर कभी उसके निकट नहीं गया। मैं चाहता था, वह धीरे-धीरे अपने नये जीवन में रम जाए”

“पर पिताजी, यदि आप चाहें तो उनका पता लगा सकते हैं।”

“वह सदा मेरे जीवन में बनी रहेगी, हां, मुझे उसके जीवन में नहीं रहना चाहिए।”

“पिताजी! आपने इतनी बातें बताई हैं, यह भी बता दीजिए कि वे किस घराने में हैं।”

“आजकल का तो मुझे पता नहीं। फिसादों से पहले वे लोग लाहौर में थे। लारेंस बाग के पास ही उनकी कोठी थी। उसके पति का नाम जगदीशचन्द्र है। मनू...”

“जी!”

“क्या सोच रहे हो?”

“कुछ नहीं।”

“कुछ तो है, मुझे बताओ।”

“कुछ नहीं। मधू के कालेज में एक लड़की पढ़ती है, उसका नाम रंजू है। मुझे उसका ध्यान आ गया था।”

“पागल कहीं का। क्या यह ज़रूरी है कि वह रंजू वही हो। ऐसी घटनाएं उपन्यासों में घटा करती हैं, वास्तविक जीवन में नहीं।”

“पिताजी! अनेक बार सत्य कल्पना से भी कहीं अधिक रोमांचक होता है।”

‘हां, मन्। पर छोड़ो, किन विचारों में पड़ गए हो। मैं तुम्हें एक बात बताने जा रहा था।”

“जी!”

“तुम्हें जब भी अपनी मां का ध्यान आए तो श्रद्धा से मस्तक नवा देना। मैं आज भी उसकी पूजा करता हूं। तुम नहीं जानते, किन्तु मेरे कहने पर विश्वास करो, वह एक देवी से भी अधिक पवित्र, सती से भी अधिक पूज्य है; निस्संदेह उसके प्रेम में शक्ति होगी। उसीकी पुण्यस्मृति के सहारे मैं जीवित रह सका हूं... ।”

“पिताजी!” मनू को आगे यह कहने की आवश्यकता न पड़ी कि अपनी माता के लिए उसके हृदय में कितनी श्रद्धा है, उसके मुख पर एक भक्ति-भाव स्पष्ट बोल रहा था।

“मनू!”

"जी!"

"ज़िला हज़ारीबाग में रांची के आसपास कहीं अस्पताल खोलने का मेरा विचार है। बिहार के गांवों में प्रायः रोग फैलते रहते हैं। बरसात में हज़ारों घर केवल ज्वर से ही बर्बाद हो जाते हैं।"

"फिर मुझे जो आज्ञा हो।"

"तुम्हारा यहां के अस्पताल में रहना भी उतना ही आवश्यक है। रमेश क्या कहता है?"

"आपके आदेश की प्रतीक्षा कर रहा है। आप तो जानते ही हैं कि वह आपके एक संकेत पर अपना जीवन तक बलिदान दे सकता है। रांची तो क्या, आप उसे कहीं भी जाने के लिए कह दीजिए, वह खुशी से चला जाएगा।"

"वह बड़ा होनहार लड़का है। मुझे वह बहुत प्रिय है। अच्छा, उससे कह देना, बहुत जल्दी ही दो-एक दिन में मेरे साथ चलने को तैयार हो जाए। मैं सब व्यवस्था करने के लिए रांची जाऊंगा।"

"बहुत अच्छा।" मनू ने कहा।

कुछ देर बाद घर लौटने हुए मनू सोच रहा था, जब उपेन्द्र वाली घटना हुई थी, तब मैं रंजू के घर गया था, वहां रंजू की मां से भी भेंट हुई थी। पर मैं न तो रंजू की मां का नाम जानता हूं, न उसके पिता का। यह तो मैं जानता हूं कि वे लाहौर से आए हैं, किन्तु लाहौर से तो और भी बहुत से लोग आए हैं। रंजू भी कई एक हो सकती हैं। किन्तु इस रंजू की मां बहुत ही भली हैं। ऐसी स्त्रियां गिनी-चुनी ही होती हैं।

30

डाक्टर देव रमेश को लेकर रांची चला गया। हर दूसरे-तीसरे दिन मनू के पास डाक्टर देव के पत्र आते थे, जिनमें बहुत कुछ लिखा होता था।

डाक्टर देव ने वहां ज़मीन ले ली थी और उसपर अस्पताल बनवाने के कार्य में संलग्न था। कभी पत्र में लिखा होता—'बिहार में बहुत बड़े-बड़े जंगल हैं, जिनमें मांझी, बिरोहर, उरांव, गंजू, तुरी मातो भुइये, दुसाध, सुंडी कुर्मी कितनी ही जातियां रहती हैं। मांझी तीर चलाने में बड़े प्रवीण होते हैं। जहां इन्हें पता लगा कि अमुक स्थान पर शेर, चीता, लकड़बग्घा या बारहसिंघा है, सबके सब तीर-कमान लेकर दौड़ निकलते हैं। बिना शिकार किए लौटने को अपनी हेठी

समझते हैं। इन हिंसक पशुओं के साथ बड़ी चतुरता से आंखमिचौनी खेलते हैं।

बिरोहर जाति के लोग भी अच्छे शिकारी होते हैं। शिकार ही उनकी जीविका का साधन है। ये लोग कैद, कन्नोद, कटहल, महुआ, ताड़, खजूर, जामुन, आम, डूमर, पिंडार, पटेल, पिठोर, मकर आदि वृक्षों के फल खाकर ही जीवन-निर्वाह करते हैं। कभी-कभी इन्हें आलू, शकरकन्दी, गोंदली या कोई अन्न भी प्राप्त हो जाता है।'

एक बार डाक्टर देव ने पत्र में लिखा कि अस्पताल-भवन का निर्माण प्रारम्भ हो गया है।

डाक्टर देव के पत्र पढ़कर मन के नेत्रों के सामने कुछ चित्र से उतर आते।

आज डाक्टर देव का एक पत्र आया, लिखा था—'जंगलों में रहने वालों का एक प्रसिद्ध नृत्य झूमर है। किन्तु मांझियों के झूमर-नृत्य में एक विशेष आकर्षण होता है। पुरुष और स्त्रियां मिलकर दो दिन और एक रात लगातार नाचते रहते हैं। खाने-पीने के समय भी नृत्य का क्रम टूटने नहीं पाता। उनके शरीर का काला रंग नृत्य के उल्लास से दमक उठता है। विवाहों के अवसर पर जो झमर-नृत्य होते हैं, उनमें वर-वधू भी भाग लेते हैं। उन अवसरों पर वातावरण में मदिरा की मस्ती होती है, झूमर की लय थिरकती है, और गीतों के बोल गूंजते हैं। उनकी निर्धनता के आगे सम्पन्नता भी सिर झुकाती है।'

मनू ने पढ़ा, पत्र हाथ में रह गया। मनू का सिर पीछे की ओर झुकते-झुकते कुर्सी की पीठ से जा लगा। मनू ने देखा—एक सुहावना निर्जन वन है, जहां आकर कुछ जंगली लोग नाचने लगे, काले-काले, फटे कपड़े पहने। नाचते-नाचते उनके शरीर चमकने लगे, उनके मुख सुन्दर हो गए। उनमें कुछ पहचाने हुए मुख भी थे। और सबों के बीच, उड़ते हुए पंछियों की भांति वे नाच रहे थे। देव ममता का हाथ पकड़े हुए था। वे नाच रहे थे, धरती नाच रही थी...

मनू देखता रहा।

मधु ने आकर उसके कंधे पकड़ उसे झकझोर डाला। मनू का स्वप्न भंग हो गया। मनू स्वप्न के आलोक से आनन्द-विभोर हो गया था। आज पहली बार उसने अपनी जन्म देने वाली मां को स्वप्न में देखा था। मनू ने ममता को पहले कभी नहीं देखा था,आज अपनी कल्पना में उसने ममता को देख लिया।

आनन्द की मीठी लहर ने जब वास्तविकता की पत्थर-सी दीवार की ओर देखा, लहर बूंद-बूंद होकर ढह पड़ी। मनू की आंखें भर आईं। मनू ने सोचा, प्रेम

तो इस पृथ्वी पर वर्जित है। ममता रुल गई, देव रुल गया। वे जीवन के आबाद शहरों में कभी झूमर न नाच सके, कभी एक-दूसरे का हाथ न पकड़ सके, क्योंकि वे जाति के मांझी नहीं थे, मांझियों की भांति निर्धन नहीं थे। मांझियों की भांति अशिक्षित नहीं थे, मांझियों की भांति जंगली नहीं थे। वे तो सभ्य जगत् के बुद्धिमान और सज्जन व्यक्ति थे। वे झूमर न नाच सके, वे एक-दूसरे का हाथ न पकड़ सके।

31

आज न जाने क्यों मनू को मधु के कालेज वाली लड़की रंजू का रहरहकर ध्यान आ रहा था। दोपहर को मनू रंजू के घर की ओर चल दिया। उसका दिल धक्-धक् कर रहा था। यदि रंजू ने सचमुच अपने पिता का नाम जगदीशचन्द्र बता दिया तब वह जीवन की इस आकस्मिक भेंट को कैसे सहन करेगा! यदि रंजू ने अपने पिता का नाम कुछ और बताया तब तो वह बिलकुल निराश हो जाएगा।

मनू रजू के घर पहुंच गया। रंजू उससे बड़े शिष्टाचार से मिली। वह मनू से बहुत परिचित नहीं थी और न ही मनू ने उसे अपने विवाह में आमन्त्रित किया था। केवल उपेन्द्र वाली घटना के दिन उनकी भेंट हुई थी।

मनू धड़कते हुए हृदय से इधर-उधर की साधारण बातें करता रहा। फिर साहस करके उसने रंजू के पिताजी का नाम पूछा।

"मैंने शायद आपको पहले भी बताया था कि हम लाहौर रहा करते थे। मेरे पिताजी की सारी सम्पत्ति पंजाब के विभाजन ने हमसे छीन ली। किन्तु सबसे गहरी चोट हमपर यह पड़ी कि हमारे पिताजी हमें छोड़कर चले गए। उनकी मृत्यु बड़े ही दुखदायी ढंग से हुई थी। मेरी माताजी बहुत काल से बीमार हैं, उनके लिए यह वज्र-प्रहार और भी असह्य है..." रंजू कह रही थी।

"आपके पिताजी का नाम..." मनू का हृदय धड़कने लगा।

"जगदीशचन्द्र।" रंजू ने कहा।

मनू ने सुना। उस समय मनू के मुख पर जो भाव प्रकट हो रहे थे, उन्हें वह छिपा न सका।

"आप आश्चर्य में पड़ गए दीख पड़ते हैं। क्या आप उन्हें जानते थे?"

"नहीं, मैंने उन्हें कभी नहीं देखा। वैसे, देश का इतना भारी नाश हृदय में व्याकुलता उत्पन्न कर देता है।" मनू ने कहा। अपने मन की दुविधा को मिटाने के

लिए मनू रंजू की मां का नाम भी पूछना चाहता था किन्तु मां का नाम पूछना उसे बड़ा अनुचित-सा जान पड़ता था।

मनू चुप रहा। फिर दोनों और बातें करते हुए रंजू की मां के पास चले गए। वह बिस्तर पर लेटी हुई थी। यद्यपि समय ने और सदा के रोग ने मुख की कांति वह न रहने दी थी, फिर भी उसके मुख पर एक मधुर मुद्रा हर समय बनी रहती थी। मनू को लगा, मानो यही उसकी मां हो। मनू का जी किया कि वह जाकर अपनी मां से लिपट जाए, उसके गले से लग जाए, उसके रोम-रोम में समा जाए, उसका पुत्र उसे दे दे। किन्तु वह संभल गया, कहीं मां को रुग्णावस्था में किसी याद का अचानक धक्का न लग जाए कहीं वह मां को प्राप्त करते-करते खो न बैठे।

मनू मुस्कराकर उसकी चारपाई की पट्टी पर बैठ गया। रंजू की मां को मनू पहले दिन से ही अच्छा लगा था, जबकि यह रंजू को उपेन्द्र के हाथों से छुड़ाकर घर छोड़ने आया था।

आज रंजू की मां ने उलाहना दिया कि वह इतने दिनों तक क्यों नहीं आया?

मनू कह रहा था कि वह लज्जित था कि इतने दिनों तक नहीं आ सका था, इधर उसका विवाह भी हो गया था और वह बहुत व्यस्त रहा था कि इतने में रंजू अपने पिताजी के चित्र ले आई। वह मनू को चित्र दिखाती रही और चित्रों के बीच में रंजू की मां का एक चित्र भी था। मनू देखता रहा, फिर अचानक बोल उठा, "माताजी का नाम भी बहुत सुन्दर-सा ही होगा?" कहने को तो मनू कह गया पर उसे स्वयं ही यह प्रश्न बड़ा बेतुका-सा लगा। लेकिन वह कह चुका था, और कही हुई बात को लौटा न सकता था।

रंजू हंस पड़ी। उसकी मां भी हंस पड़ी और कहने लगी, "मेरा नाम? मेरे लिए अवश्य सुन्दर है, दूसरों को शायद विचित्र-सा लगे। मैंने स्वयं अपना नाम रखा था—ममता।"

मनू बिना सोचे-समझे मां की ओर झुक गया। किन्तु इससे पहले कि और कुछ प्रकट हो जाए, उसने अपने-आपको संभाल लिया, और मां का हाथ अपने हाथ में लेकर कहने लगा, "आप जल्दी से स्वस्थ हो जाइए न!"

"मनू बेटा! तुम मुझे बड़े अच्छे लगते हो।" ममता ने कहा।

"फिर मेरा कहा मानिए, अच्छी हो जाइए।"

"नहीं, मनूजी! जीवन की डोरी पहले ही बहुत लम्बी हो चुकी है। केवल एक ध्यान रहता है, रंजू का विवाह...।"

"आप रंजू का विवाह करेंगी, रंजू को प्रसन्न देखेंगी। आपने मुझे भी बेटा पुकारा है, मेरे लिए आप जीवित रहेंगी......।" मनू का बहुत जी किया कि कुछ और भी कह डाले, परन्तु वह चुप ही रहा। फिर रंजू से बोला, "तुम भाभी से मिलने कब आ रही हो, तुम्हारे कालेज वाली मधु अब तुम्हारी भाभी बन गई है न।"

इसी प्रकार बातें करते और फिर आने का वचन देखकर मनू वहां से चला आया।

32

मनू अब प्रायः प्रतिदिन रंजू के घर जाता था। रंजू को बहन कहता था। रंजू की रीस में ममता को मां कहता था। परन्तु उसने और कुछ नहीं बताया था। ममता के घर में एक प्रकार की प्रफुल्लता-सी आ गई। मां-बेटी दोनों मनू की प्रतीक्षा किया करतीं। ममता बिस्तर पर पड़ी-पड़ी द्वार की ओर देखती रहती। ममता अब चारपाई से उठ नहीं सकती थी। दुर्बलता दिन-दिन बढ़ रही थी। परन्तु इधर के दिन कुछ अधिक रोचक हो गए थे।

"माताजी! कभी-कभी बालक हठ भी करते हैं।" एक दिन मनू ने अत्यन्त स्नेह भाव से कहा।

"पर इतना समझदार बालक क्या हठ करेगा?" ममता हंस पड़ी।

"यदि कोई हठ पकड़ भी ले, तो कहिए मानेंगी।"

"हठ करते समय यह प्रश्न नहीं किया करते, वे तो हठ करते हैं और उसे मनवा के छोड़ते हैं।" ममता ने हंसकर कहा। मनू मां की समझदारी की पहले ही सराहना किया करता था, वह हंस दिया।

"अच्छा, तो अब हठ करूंगा और मनवाकर ही छोड़ूगा।"

"इतने अच्छे बच्चे का हठ भी अच्छा ही होगा।"

"तो कुछ दिनों के लिए मैं आपको कहीं ले जाना चाहता हूं, आप तैयार हो जाइए।"

"अच्छा जी—हमें कोई निमन्त्रण नहीं, हम यहीं रहेंगे!" पास ही से रंजू ने कहा।

"मां को हठ करके मनाया जाता है, बहनों को आदेश देकर।" मनू हंसने लगा।

"कहां?" ममता ने पूछा।

"जहां मैं जाऊं। मेरे पिताजी भी डाक्टर हैं। मेरी नई सीखी हुई डाक्टरी

उनके अनुभव के आगे कुछ नहीं है। उनका यहां भी एक अस्पताल है, किन्तु वे आजकल ज़िला हज़ारीबाग में हैं। वहां वे एक नया अस्पताल बनवा रहे हैं। गांवों के लिए वह..."

"पगला बेटा! इतनी लम्बी यात्रा के लिए मुझमें दम ही कहां है! मेरा जीवन इतना आवश्यक नहीं मनू, कि जिसके लिए इतना सब किया जाए।" ममता ने निराशापूर्ण स्वर में कहा।

"आवश्यक होने न होने का प्रश्न हम स्वयं हल कर लेंगे। आपके स्वास्थ्य को आपकी दया पर नहीं छोड़ सकते।"

"यदि अवश्य ही दिखाना चाहते हो तो जब कभी तुम्हारे पिताजी दिल्ली आएंगे तब सही।" ममता ने टालना चाहा।

"नहीं, मां! मेरा यह हठ आपको मानना पड़ेगा। वह देहात का खुला वातावरण, मीलों तक जंगल ही जंगल। जीवन प्रकृति के इतने निकट कुछ और ही होता है। शहरों की जुलूसों जैसी भीड़ में तो कभी-कभी मनुष्य का दम घुटने लगता है। मेरी अच्छी मां, मान जाइए।" मनू का हठ विनती में परिवर्तित हो गया।

ममता की भावनाओं में एक जागृति-सी हुई। उसके मुख पर एक आलोक-सा आ गया। वह मनू जैसे प्यारे बच्चे के साथ प्रकृति की खुली वायु में विचर सकेगी, रंजू और मनू बहन-भाई की भांति खेलेंगे, वह स्वतन्त्र और सुहावने जीवन का एक श्वास भर सकेगी। ममता मान गई। पति की मृत्यु के बाद उसके जीवन का श्वास निरन्तर घुटता जा रहा था।

रंजू के हर्ष का पारावार न था। उसने भगवान को धन्यवाद दिया कि अब उसकी मां कुछ स्वस्थ हो जाएगी। मां के अतिरिक्त इस संसार में उसका अपना और कौन था!

एक-दो दिन में ही गाड़ी में सीटें रिज़र्व करा ली गईं। उनके साथ एक-एक बक्स, एक-एक बिस्तर, और छोटी-छोटी दो-तीन चीज़ें और थीं। मनू ने घर से लेकर स्टेशन तक टैक्सी की थी। सफर लम्बा था, पर गाड़ी केवल एक ही बार बदलनी पड़ती थी। मनू ने फर्स्ट क्लास का एक डिब्बा रिज़र्व कराया था—दो सीटों वाला। पैसे तीन सीटों के लिए खर्चे गए, पर वे बैठे दो सीटों वाले डिब्बे में। ममता को पूरी तरह आराम था। गाड़ी चल रही थी।

"मनू! मुझे यह यात्रा बहुत ही भली लग रही है। बहुत समय हो गया, इतनी हलकी जान पड़ने वाली यात्रा नहीं की। मैं अब ठीक से उठ भी नहीं सकती,

अपने शरीर से लाचार हो गई हूं, फिर भी आज वर्षों के इस रोगी शरीर में कुछ हलकापन जान पड़ रहा है।"

गाड़ी के छोटे डिब्बे में वे तीन प्राणी ऐसा अनुभव कर रहे थे, मानो वह एक छोटा-सा परिवार हो जिसमें एक मनू जैसा बुद्धिमान और तरुण पुत्र भी हो।

"मां! अपने अतीत की कोई सुन्दर-सी बात सुनाइए।" मनू ममता से चिमटकर बैठ गया। कभी-कभी प्यार में वह ममता को 'जी' के साथ सम्बोधन न कर केवल 'मां' ही कह देता था।

ममता मुस्कराकर रह गई। उसे ध्यान आया कि जीवन के इतने लम्बे वर्ष उसने स्कूल के एक स्टाफ-क्वार्टर में रहकर बिता दिए। प्रतिदिन सूर्य अपने नियम के अनुसार उदय होता था और अस्त हो जाता था। न किसी भोर में कोई आशा होती थी, न किसी संध्या में कोई प्रतीक्षा। जीवन मशीन की एक-जैसी खड़-खड़ की भांति चलता था। ममता की आयु बीत गई थी।

ममता विचारों में मग्न रही। मनू ने उसके हाथों को सहलाया।

"क्या ही अच्छा हो यदि जीवन ऐसे ही चलता रहे! इस यात्रा के मार्ग में उस समय तक कोई स्टेशन न आए जब तक कि यह जीवनयात्रा अपने अन्तिम पड़ाव पर न पहुंच जाए!" ममता ने बहुत देर तक चुप रहने के बाद कहा।

"मां! शायद मार्ग में आने वाले किसी स्टेशन पर खड़ी हुई कोई खुशी जीवन का रास्ता दिखाती हो! मां, यह गाड़ी मार्ग में किसी स्टेशन पर तो खड़ी होनी ही चाहिए।" मनू हंस पड़ा।

"नहीं मनू! तुम नहीं जानते, खुशियों के स्टेशन मेरी जीवनयात्रा के मार्ग में नहीं आते।" पीली पड़ी हुई, दुर्बल ममता करवट बदलकर लेट गई।

रंजू और मनू ताश खेलते रहे, ममता देखती रही। रंजू और मनू हारते, जीतते, ताश संभालते, फिर फैलाते, गाड़ी के इस घोंसले में नन्हे-नन्हे पक्षियों की भांति चहकते रहे। दो दिन बीत गए।

33

मनू दिल्ली से आते समय मधु और राजकुमारी को अपनी इस यात्रा के सम्बन्ध में और यात्रा के अपने साथियों के सम्बन्ध में बहुत कुछ बता आया था। स्टेशन पर उतरते ही उसने अपने सबके पहुंचने का तार मधु और राजकुमारी को दे दिया।

रांची रोड स्टेशन पर उतरकर डाक्टर देव के गांव पहुंचने के लिए कुछ

मील मोटर-बस में जाना पड़ता था। वहां एक छोटी-सी बस्ती थी, एक छोटा-सा बाज़ार और कुछ दूरी पर डाक्टर देव का नया बना हुआ अस्पताल। दूर तक जगल फैले हुए थे, जिनमें पतली-पतली पगडंडियां कटी हुई थीं। छोटी-छोटी चढ़ाइयां और उतराइयां भी थीं, पर अधिकतर मैदानी बस्ती थी। धरातल पहाड़ी और मैदानी दोनों का सुन्दर सम्मिश्रण था। प्रायः एक गांव दूसरे गांव से कुछ मील की दूरी पर स्थित था। वहां के लोग जिनमें अधिकतर जंगल के ठेकों पर काम करने वाले मज़दूर थे, सुदृढ़ शरीर वाले थे। सारे लकड़ियां काटते, ढोते, लकड़ियों का कोयला बनाते, सांझ को पत्तों में ताड़ी पीते कभी-कभी खूनखराबा भी कर डालते, रंग उनके अत्यन्त काले और पीले।

विस्तृत आकाश के नीचे बिछी हुई विस्तृत धरती पर प्रकृति की हरियाली को बिखेरते हुए वनों के पेड़-पौधे बहुत ही शोभायमान थे। पपीतों का एक छोटा-सा बाग अस्पताल की दीवार के पास लगा हुआ था। खिली हुई धूप में डाक्टर देव, जो सवेरे का थका हुआ था कुछ देर से अपनी आरामकुर्मी पर लेटा हुआ था। इतने में एक देहातिन अपने बच्चे को गोद में लिए हुए आई। बच्चा कुछ अधिक ढीला था, डाक्टर को घर बुलाने का विचार शायद उसे उचित न जान पड़ा हो, वह बच्चे को उठाकर ले आई।

दुखियों के लिए डाक्टर देव का द्वार सदैव खुला रहता था, कोई भी समय-कुसमय नहीं था, और वह स्वयं हर समय सहायता देने के लिए तैयार रहता था।

रमेश को अपना आचरण डाक्टर देव का सा बना लेने की लगन कब की लग चुकी थी। उसके लिए भी दिन-रात एक समान हो गए थे। डाक्टर देव रोगी को भीतर कमरे में ले जाकर देख रहा था।

बिल्डिंग के बाहर एक मोटर रुकी। उसमें से मनू उतरा, रंजू उतरी, ममता उतरी, सामान उतारा गया। याला की लम्बाई और थकान के कारण ही उस प्रदेश की हरियाली और मुक्त वातावरण ने कदाचित् उनपर अपना प्रभाव अधिक डाला था। ममता का चिरकाल के रोग से कुम्हलाया हुआ मुख भी किंचित् उत्फुल्ल दीख पड़ता था। ममता हंस रही थी, 'दवाएं तो न जाने कुछ असर करेंगी या नहीं, पर इस याला ने अवश्य कुछ दिनों के लिए और जीवन बढ़ा दिया है।"

मनू की एक उलझन सुलझने में न आ रही थी। रंजू के सामने वह ममता को कैसे डाक्टर देव के पास ले जाए! न जाने ममता पर क्या प्रभाव पड़े! रंजू को कुछ पता नहीं, कहीं वह घबरा न जाए।

रमेश ने बताया कि डाक्टर साहब भीतर एक रोगी को देख रहे हैं। रमेश कहकर मनू, ममता और रंजू को एक ऐसे कमरे में ले गया जहां और कोई नहीं था। ममता थकी हुई थी, वह चारपाई पर लेट गई। रमेश चाय की व्यवस्था में लग गया।

मनू के लिए यह समय बड़ा ही विचित्र था। उसका हृदय धक्-धक् कर रहा था।

"रंजू बहन! हम तो तब जानें जब तुम अपने हाथ से पपीते तोड़कर दिखाओ।" मनू ने रंजू को अस्पताल की दीवार के पास लगा हुआ पपीतों का बाग दिखाया।

"यह क्यों नहीं कहते कि पपीते खाने को जी कर रहा है।" रंजू हंस दी और पपीते तोड़ने चली गई।

मनू का हृदय अब फिर धड़क रहा था। जीवन का एक अत्यन्त महत्त्वपूर्ण क्षण निकट आता जा रहा था। मनू स्वयं डाक्टर देव के पास न जा सका। उसने रमेश से कहा कि डाक्टर देव को इधर भेज दे। स्वयं मनू ममता की चारपाई पर बैठ गया।

"मनूजी! तुमने मुझे अपने पिता का नाम तो बताया ही नहीं है।" ममता समझ रही थी कि डाक्टर साहब आने वाले हैं। मनू ने सोचा, अचानक परिचय कराने की अपेक्षा क्यों न वह कोई संकेत दे दें।

"डाक्टर देवराज!" मनू ने कहा।

"क्या कहा?" ममता चौंक पड़ी।

"डाक्टर देवराज!" मनू ने अपने स्वर के कम्पन को वश में करके कहा। फिर ममता की ओर आंख भरकर देखा।

"तुम्हारी माताजी कहां हैं?" ममता का जी घबरा रहा था। वह चारपाई से उठकर खड़ी हो गई।

"मेरी माताजी! ..." मनू हंस पड़ा।

तब तक डाक्टर देव कमरे में प्रवेश कर चुका था।

ममता ने आंखें उठाकर देखा। मनू सोचता था, ममता अचेत हो जाएगी, उसे संभालना पड़ेगा; वह तो पहले ही इतनी दुर्बल है। परन्तु यह सब कुछ न हुआ।

ममता ने देखा, वही देव है। भला क्या वह न पहचान सकती थी! वह तो अगले युग में भी पहचान सकती थी। अभी तो केवल पचीस वर्ष हुए थे।

“आप! ...” ममता को केवल दीवार का सहारा लेना पड़ा। उसके मुख पर एक पीली-सी झलक दौड़ गई।

‘आप’ शब्द में से एक स्वर फूटा; स्वर में से कुछ रूपरेखाएं उभर आईं। कल मनू का तार आया था—‘26 तारीख सवेरे पहुंचूंगा, कोई मेरे साथ है।’ तार के शब्दों में से ‘कोई’ का अर्थ स्पष्ट हुआ। डाक्टर देव ने ममता के कंधे के पास अपना सिर झुकाकर कहा, “हां, मैं।”

मनू जानता था, ममता अत्यन्त दुर्बल है। उसने ममता का हाथ पकड़कर चारपाई पर बिठा दिया, फिर धीरे से लिटा दिया।

इतने में रंजू तीन पके हुए पपीते तोड़कर लौट आई थी। डाक्टर देव ने रंजू को अपने मन ही मन में पहचाना और फिर उसे अपने गले से लगा लिया।

रमेश नौकर के हाथ चाय लिवा लाया था। रंजू ने प्यालों में चाय बनाई। डाक्टर देव के हाथ में चाय का प्याला देते हुए पूछने लगी, “मेरी माताजी ठीक हो जाएंगी?”

डाक्टर देव ने फिर रंजू को एक बार प्यार किया, आंखों के कोनों में पाए हुए आंसुओं को पीछे लौटा लिया; धीरे से कहा, “मैं उनका जीवन भगवान से मांग लूंगा।”

चाय समाप्त हुई। रमेश रंजू को अस्पताल दिखाने के लिए ले गया। उधर कोई रोगी आ गया था, डाक्टर देव को भी जाना था।

“मैं जाऊं?” डाक्टर देव ने ममता की चारपाई पर ज़रा झुककर कहा।

ममता ने झुके हुए मुंह की ओर जी-भरकर देखा। उससे कुछ बोला न गया। ‘न’ करने के आशय से उसने केवल सिर हिला दिया। देव हंस दिया।

ममता के मन में विचार उठा कि मनू अपने जी में क्या सोचता होगा। स्थिरतापूर्वक कहने लगी, “मनू जी! तुम नहीं जानते। बहुत दिन बीत गए, तब के ये परिचत हैं।”

“केवल परिचित ही...।” डाक्टर देव ने मुस्कराकर कहा।

“मां! कौन नहीं जानता...? मैं! तुम्हारा अपना रंजू!” मनू मां के कलेजे से लग गया।

“रंजू! मेरा रंजू!” इस बार ममता अचेत हो गई। डाक्टर देव। ने एक इंजेक्शन दिया। कुछ देर बाद ममता के शरीर में शक्ति आ गई।

“मैंने तुम्हारे रंजू को इतना बड़ा कर दिया है।” डाक्टर देव जीवन-भर की

कमाई हुई गम्भीरता के साथ हस दिया।

34

"आपने आज का अखबार देखा है?" मनू ने चाय पीते हुए डाक्टर देव से पूछा।

"आज का? नहीं, अभी समय नहीं मिला।"

"परसों बम्बई में भारी समुद्री तूफान आया है। मकानों की छतें उड़कर कहीं की कहीं जा पड़ी हैं, बिजली के तार, खम्भे टूटकर गिर पड़े हैं, रेलगाड़ियां उलट गई हैं, लाइनें टूट गई हैं, जान और माल की बहुत हानि हुई है।"

"ये तूफान, ये बवण्डर बड़े ही भयानक होते हैं।" डाक्टर देव ने कहा।

रमेश, मनू और रंजू आज भीलों का नाच देखने जा रहे थे, चाय पीकर चले गए। कमरे में ममता और डाक्टर देव रह गए।

"पहले, सब कुछ होते हुए भी मैं जीवन में आपको कुछ न दे सकी, अब तो मेरे हाथ ही खाली हैं।" ममता सोचने लगी, देव ने इतना लम्बा जीवन किस प्रकार केवल स्मृतियों के सहारे काटा होगा।

"ममता ! समाज के हाथ अवश्य खाली हैं, पर तुम्हारे हाथ कभी भी खाली नहीं हुए। मुझे इससे अधिक और कुछ नहीं चाहिए।"

'मैं..." ममता ने सिर झुका लिया।

"ममता! तुम अपने स्वर्गवासी पति के नाम का सदा आदर करती रहोगी। रही बात प्रेम की, सो वह सदा मेरा था, अब भी मेरा है। हमारा प्रेम एक सम्बन्ध-सूत्र में बंधने का मुहताज नहीं है। मैं इतनी आयु तक इस संसार में तुम्हारे अस्तित्व को अनुभव करते हुए जीवित रहा हूं। और अब तो तुम्हें अपनी आंखों के सामने देख भी सकता हूं। इससे बढ़कर जीवन में मेरी और क्या मनोकामना हो सकती है! प्रेम की इस मंज़िल में न यौवन है, न बुढ़ापा है, न शरीर है..." सन्ध्यासमय की ठंड बढ़ने लगी थी, डाक्टर देव ने ममता के कंधों पर गरम दुशाले का पल्ला डाल दिया।

"आप रोगियों को दवा दिया करेंगे, मैं उनकी सेवा किया करूंगी। यदि कभी ऐसा हो सका..." ममता का मुख ज्योतिर्मय हो उठा, मानो अब वह रोगग्रस्त न थी।

"क्यों नहीं हो सकेगा, ममता! इसे कौन रोक सकता है!" देव ने दृढ़तापूर्वक कहा।

"हां, कोई भी तो नहीं। मैं डर गई थी कि लोग कहीं यह सब भी मुझसे न छीन लें।" ममता ने एक आह भरी।

ममता को अपने पुराने रोग का एक तेज़ दौरा पड़ गया। डाक्टर देव को इसीका डर था। देव डाक्टर था, वह जानता था कि ममता को इस असाध्य रोग से संसार की कोई शक्ति नहीं छुड़ा सकती थी। उसे केवल इतनी आशा थी कि वह खींचतान करके ममता की जीवन-डोरी को कुछ लम्बा कर लेगा। किन्तु रोग के इस भयानक आक्रमण ने डाक्टर देव की आशा पर पानी फेर दिया।

देव ने ममता को लिटा दिया। किन्तु ममता के मुंह से निकली हुई लहू की बड़ी धार ने मानो उसके जीवन की सांस को एक ही बार में खींच लिया था। वह बेसुध-सी पड़ी रही।

डाक्टर देव जतन चलाते रहे। मनू और रंजू भीलों का नाच देखकर रात को लौटे। ममता के प्राण मानो उन्हींकी प्रतीक्षा में अटके हुए थे। ममता ने उन्हें देखा और दोनों बच्चों के सिर अपनी छाती से लगा लिए। बच्चों ने अपने कण्ठ से फटती हुई चीखों को बड़ी कठिनाई से रोके रखा और फिर कमरे से बाहर चले गए।

ममता ने अपना हाथ आगे बढ़ाया। डाक्टर देव ने अपने हाथों में उसके दोनों हाथ ले लिए। फिर ममता का सिर अपनी गोद में रख लिया। ममता आनन्द-विभोर हो गई। ममता ने आंखें बन्द कर लीं, और सदा के लिए बन्द कर लीं।

रात्रि का अन्तिम पहर इसी भांति बीत गया। किसीने आकर डाक्टर देव के हाथ में एक तार थमा दिया। लिखा था—'देवजी! जिस बहन को मैंने आपकी प्रांखों में वर्षों देखा है, उसके चरणों में आज मेरा प्रणाम दीजिएगा—राजकुमारी।'

उस समय डाक्टर देव के निश्चल शरीर में गति उत्पन्न हुई। उसने वह तार ममता के चरणों में रख दिया। उसके धैर्य का बांध टूट गया। ममता की निर्जीव देह को उसने गले से लगा लिया !

○○○